NA ANTESSALA DO FIM DO MUNDO

I. Boca Migotto

NA ANTESSALA DO FIM DO MUNDO

BesouroBox
1ª edição / Porto Alegre-RS / 2020

Capa: Marco Cena
Produção editorial: Maitê Cena
Revisão: Gaia Revisão Textual
Produção gráfica: André Luis Alt
Todas as fotos do livro, incluindo a da capa, são do autor.

Dados Internacionais de Catalogação na Publicação (CIP)

M636a Migotto, I. Boca
Na antessala do fim do mundo. / I. Boca Migotto. - Porto Alegre: BesouroBox, 2020.
192 p. ; 14 x 21 cm

ISBN: 978-65-990353-9-5

1. Literatura brasileira. 2. Romance. I. Título.

CDU 821.134.3(81)-31

Bibliotecária responsável Kátia Rosi Possobon CRB10/1782

Edições BesouroBox Ltda.
Rua Brito Peixoto, 224 - CEP: 91030-400
Passo D'Areia - Porto Alegre - RS
Fone: (51) 3337.5620
www.besourobox.com.br

Impresso no Brasil
Outubro de 2020.

À memória do amigo Leonardo Machado.
Dedicado ao Arthur, aos Pedros e à Elis.

Agradecimentos

Muitos amigos e amigas leram os diversos tratamentos deste texto e me ajudaram, sensivelmente, com suas opiniões, ideias e críticas. Agradeço do fundo do meu coração à Angélica de Baumont, à Clarice Marques Dutra, à Liz De Bortoli Groth Athia, à Mariana Carlos, ao Marcelo Martins Silva, à Natália Ambros e à Nicole Grassi. Cada qual, da sua forma, contribuiu para com o processo de realização e amadurecimento desta obra. Nesse sentido, também é imprescindível agradecer à Maitê Cena, da BesouroBox, que comprou a ideia de publicar o livro e foi decisiva no tratamento final, com suas ideias, críticas e sugestões. Além, claro, de realizar tudo isso com paciência pelo escritor de primeira viagem e carinho pela obra que estava prestes a ganhar vida.

Um agradecimento especial à Christina Dias, à Clara Corleone, à Gabriela Pérez Aguirre, à Claudia Tajes e, essencialmente, à Patrícia Larentis. Muito obrigado pela sensibilidade e pelo afeto de todas vocês.

Apresentação

Ruta 40. Esse seria o nome do filme que não aconteceu.

A ideia original era realizar um *road movie* pela Argentina e o protagonista seria o meu amigo – e ator – Leonardo Machado. O filme aproximaria ficção, documentário e uma boa dose das nossas vidas e histórias. O Leo viveria o Diego. E o Diego seria um pouco ele, um pouco eu, e muito do resultado das transformações que as filmagens – e a própria viagem para realizá-la – produziriam em nós dois. Para tanto, o domínio do Leo sobre o idioma espanhol era fundamental, uma vez que muitas cenas dependeriam apenas dele e dos possíveis interlocutores que surgissem pelo caminho. Além de excelente ator, o Leo também tocava violão. E um cara que toca sempre abre portas.

Assim como eu, o Leo também curtia histórias, se interessava pelas pessoas, tinha paixão pela América do

Sul e amava os vinhos. Ou seja, tínhamos muito em comum. Como ator, foi um cara talentoso, dedicado e extremamente focado na construção dos personagens que era convidado a viver na TV e no cinema. Como amigo, era fiel, honesto, bondoso e um grande parceiro de conversas e churrascos. Lembro de uma vez, na minha casa, quando estávamos ensaiando para filmar um curta-metragem, ele pegou o violão e interpretou "Explode Coração", do Gonzaguinha. Eu olhei para ele e pensei: "o desgraçado, além de tudo, é bonito e canta bem". Como não querer trabalhar com um cara assim? O Leo era o parceiro ideal para esse projeto.

Infelizmente, no Brasil, os projetos artísticos nem sempre andam na velocidade que gostaríamos. Mais recentemente, a falta de incentivo para a área cultural se agravou ainda mais e a realização deste filme foi ficando cada vez mais distante. Mas o grande golpe não veio da política. Veio do destino. O Leo descobriu que estava com câncer e, em 28 de setembro de 2018 ele se despediu de todos nós. Com a morte dele o projeto do longa-metragem perdeu totalmente o sentido. Foi, então, quando decidi me aventurar na literatura. Uma área nova, para mim, mas que fazia todo o sentido nesse momento, pois de alguma forma era preciso colocar para fora tudo aquilo que fez esse projeto surgir. Assim, aos poucos fui transformando o argumento do filme neste livro que, agora, caro leitor, está em suas mãos. O protagonista segue sendo o Diego. Mas, nessa transição da linguagem audiovisual para literária, o Diego foi perdendo um pouco do Leo em nome da fantasia, da ficção e da própria vida.

No entanto, a essência do que seria esse filme foi mantida no livro. Diego segue viajando, em busca do irmão desaparecido, para contar que seus pais morreram. E, ao longo dessa longa viagem – como sempre ocorre nessas longas viagens – os encontros e desencontros acabam emoldurando as inúmeras, e necessárias, reflexões que Diego faz sobre suas perdas, seu lugar no mundo e, sobretudo, sua própria história. Aos poucos, realidade e ficção se atravessam e passam a viajar junto com nós – escritor, personagem, leitor – pelas entranhas da Patagônia argentina.

E foi assim que o filme que não aconteceu virou esse livro carregado de afeto, reflexões e histórias, o qual, ao final do processo, muito me emociona. Torço para que ele possa emocioná-lo também.

Uma boa leitura.

Cerro Castillo
P.N. Torres
del Paine
9

– Mãe, me dá colo?

Perguntou o menino, enquanto entrava no quarto dos pais. A mãe, de pé próxima à cabeceira da cama, arrumava as fronhas dos travesseiros com o sorriso de sempre. A luz do final daquele dia de inverno entrava pela janela entreaberta e iluminava, em tons amarelados, o quarto já escurecido. A mãe ficou sem palavras e, por um instante, o sorriso lhe faltou ao rosto. Na ausência das palavras certas para aquele momento, sobrou a sensibilidade materna de apenas sentar-se no canto da cama e estender os braços ao menino. Voltou a sorrir. Ele se aproximou, também se sentou na cama e deitou a cabeça sobre o seu colo. As mãos, de dedos longos e unhas compridas, logo encontraram os cabelos lisos e ligeiramente dourados do filho. O acariciou enquanto ele, de olhos fechados, aos poucos, se entregava ao sono. Nenhuma palavra foi proferida. O silêncio era suficiente para que se comunicassem. Dos olhos do filho escorria uma derradeira lágrima que percorreu todo o rosto do menino. E lá permaneceram, os dois, na penumbra do quarto vazio.

Passou um tempo quando, sentindo o frio da noite, ele acordou. Mal abriu os olhos e percebeu a janela ainda aberta. Percebeu, também, a luz artificial que vinha do poste, em frente à casa, iluminando seu corpo nu. Esfregou as pálpebras com as costas da mão direita e, então, se viu no espelho da porta do armário. Se viu e se reconheceu. Um homem grande, pele branca, cabelos grisalhos, barba por fazer, e pelos por todo corpo. Sentia frio, se encolheu, como se tentasse, além de se aquecer com o calor do próprio corpo, também diminuí-lo, retomando o tamanho da criança que fora um dia. Então, se deu conta da inutilidade do gesto, tanto para um como para outro objetivo. Levantou-se vagarosamente. Sentou-se na ponta da cama, imitando a posição que outrora ocupara a mãe. Percebeu, no reflexo do espelho, à meia-luz, sua barriga, sua face, sua nudez. Não havia mais travesseiros. Também não vira as fronhas que a mãe manuseava com a destreza de quem dominava a tarefa doméstica. Não havia, tampouco, sua mãe. Percebeu-se sentado sobre o colchão manchado pelo bolor do tempo. Os lençóis brancos, sempre bem passados e esticados, já não suavizavam seu sono, e se deu conta de que o tempo havia passado mais rápido do que ele mesmo pudera perceber. "Como assim?" – indagou em silêncio. Levantou-se e caminhou até a janela, fechando-a. Sentiu a brisa da noite ainda mais de perto, arrepiando sua pele. Ainda nu, caminhou para fora do quarto. Olhou o corredor da casa e seguiu por toda sua extensão. Passo a passo. Cômodo por cômodo. Tudo estava escuro, vazio e silencioso. Não sabia se estava sonhando que estava acordado, nu e velho, ou se havia sonhado que era uma criança assustada, que buscava consolo no colo da mãe. Sentiu-se abandonado, como nunca se sentira antes. Atordoado. Quis voltar a dormir, para sempre, quem sabe. Mas já era tarde. Não havia mais sono. Assim, sentou-se na poltrona da sala e, de lá, contemplou a escuridão daquele lugar. Tarde demais para pedir colo. O silêncio era aterrador e ficou com medo de gritar e acordar suas próprias memórias. Silenciou-se. E escutou os primeiros pingos da chuva sobre o telhado de zinco.

Fechou os olhos novamente, apertando-os com força, como se quisesse forçar o sono, apagar a imagem daquele silêncio, fugir daquela casa tão carregada de lembranças. Era pouco, mas era tudo o que tinha. Diego abriu os olhos e se viu no deserto, em algum lugar no meio da Patagônia argentina. Tudo o que aquele silêncio abraçava estava ali com ele, sentindo o vento gelado da Cordilheira dos Andes que rasgava o seu rosto imóvel. Sozinho, estava de pé, escorado em sua caminhonete Toyota. Fumava um cigarro. O olhar, perdido no passado, refletia, no azul da sua retina, as montanhas de neve à sua frente. Diego, nos seus 40 anos, vestia calça jeans surrada, uma camiseta branca e uma jaqueta de couro que cobria um colete de lã. Para se proteger um pouco mais do frio daquela tarde de princípios de primavera, tinha enrolado ao seu pescoço um cachecol branco, mas agora amarelado pelo uso. Tragava o cigarro e soprava a fumaça como se estivesse em um filme hollywoodiano dos anos 1940. Havia um prazer imensurável naquele ato de engolir a fumaça e depois soprá-la para fora dos pulmões. Lembrou-se dos filmes em preto e branco e pensou que fora enganado. Primeiro nos disseram que era charmoso fumar. Até viril. Agora, depois de concluírem que o prejuízo do fumo aos cofres públicos é maior que o lucro dos impostos arrecadados, proibiram as pessoas de fumar até debaixo das marquises, ao ar livre. Uma verdadeira caça às bruxas, mas não na Argentina. Aqui, os fumantes ainda eram respeitados. Lembrou-se de Mario Quintana. O poeta dizia que fumar era uma maneira sutil e disfarçada de suspirar. Diego suspirou e deixou a fumaça sair da sua boca enquanto concluía: – O que seria de Quintana se ainda estivesse vivo?

Bonito, de uma beleza selvagem, com seus cabelos negros, traços indígenas disfarçados pela mestiçagem com o europeu, Diego se percebia sozinho naquela vastidão de terras cortadas apenas por uma rodovia asfaltada, na qual não transitava um único carro. Nenhum coche. Apesar do frio, suportado por Diego até com certa resiliência, o sol batia forte no rosto. Já era perceptível, por exemplo, as marcas de um bronzeado inusitado em sua tez morena. Terminou, então, de fumar seu cigarro Marlboro vermelho com uma última tragada seguida do descarte da bituca amarela no chão. Enquanto soprava para fora aqueles últimos instantes de fumaça, pensou naquele resto de cigarro o qual, agora, pisava com seus pés calçados de uma bota estilo coturno do exército. Lembrou-se que aquele cigarro tinha sido comprado ainda no Mato Grosso do Sul, na sua cidade, antes de ele iniciar a viagem em direção à Terra do Fogo, região conhecida como Fim do Mundo. Para isso, depois de sair de Campo Grande, Diego precisou entrar no Paraguai pela fronteira de Ponta Porã, dirigir pela Ruta 5, cortando o país vizinho de leste a oeste, entrar na Argentina e seguir em direção a Cafayate, onde, finalmente, alcançou a Ruta 40, a mítica rodovia que corta a Argentina de norte a sul.

Diego deu a volta na caminhonete, pois estava escorado na porta do carona. Enquanto isso, rememorou o momento quando comprou o pacote com dez maços de cigarros na venda do Seu Antônio. Com os cigarros, comprou duas garrafas de água com gás, uma lanterna, pilhas e algumas barras de cereais. Era tudo o que precisava para uma viagem ao fim do mundo. Já fumou quase todos os cigarros nesses três dias de viagem por aquela estrada. Cada cigarro fumado, uma nova bituca amarela jogada no chão, ao longo de todo o trajeto. Lembrou-se da história de João e Maria, aquele livro que a mãe lia para ele quando criança. Se eles fossem fumantes, não precisariam se preocupar com o retorno, pois, se dependesse das bitucas jogadas na floresta, teriam milhares de anos para encontrar o caminho de volta para casa. Os passarinhos não as comeriam, o tempo não as fariam desaparecer, acho que nem a bruxa má da casa feita de chocolate – é isso mesmo ou estou confundindo as histórias? – iria querer pegá-las. O caminho de volta para a civilização estaria sinalizado e garantido por séculos.

Dentro do carro, sentiu o arrepio provocado pela mudança do frio, exterior, para o calor aconchegante do interior do veículo. Colocou seus óculos Ray-Ban, tipo Aviador, e ligou o Toyota, acionando, ao mesmo tempo, o ar-condicionado que voltou a expelir um ar quente e acolhedor. Olhou para frente, para a estrada interminável em uma reta sem fim que se confundia com o próprio horizonte distorcido pelo efeito do calor sobre o asfalto. Soltou o freio de mão, colocou The Cranberries para tocar no rádio, aumentou o volume, respirou fundo, sentindo aquela emoção que só aqueles que pegam a estrada e gostam de viajar sentem. Um sentimento de liberdade e de descoberta misturado com certo receio pelo desconhecido. Acelerou com o carro parado, engatou a marcha e arrancou, pisando fundo no acelerador. Foi assim que retomou sua viagem rumo ao sul do continente americano.

Avançava, mas a paisagem não se alterava. Diego dirigia a uma velocidade média de 140 quilômetros por hora. Sozinho, era o Rei da Ruta. À sua direita, a Cordilheira dos Andes o acompanhava. A assustadora cadeia de montanhas de aproximadamente 8 mil quilômetros, que se estende desde a Colômbia até o sul da Argentina, faz a divisa natural deste país com o Chile. O cume branco de neve eterna sobre as montanhas mais altas valida a imponência daqueles picos sagrados – para os povos andinos – os quais, mesmo no verão, resistem ao degelo provocado pelo sol e pelas temperaturas mais elevadas. À esquerda da rodovia, apenas terra a perder de vista. Não se vê uma única casa, uma única pessoa, uma única cabeça de gado, uma única ovelha desgarrada. Absolutamente nem uma vida animal. Um mundo infinito de nada, coberto apenas por arbustos rasos, secos pelo sol, contorcidos pelo vento e devidamente protegidos por cercas. Sim, mesmo aquele nada a perder de vista é cercado por um arame farpado que delimita a propriedade e informa ao vivente que por ali passa o pertencimento daquelas terras – e seus arbustos – a alguém. "Como em todos os lugares" – pensa Diego. Seja onde for, tudo sempre tem um dono. E, ali, não seria diferente. Alguém era o dono daquilo tudo, e aquilo tudo, mesmo sem nada mais que arbustos e areia, é suficientemente importante para alguém ao ponto de esse alguém ter erguido aquelas cercas.

Lembrou-se de um amigo que também foi seu professor de História na universidade. Diego, inclusive, tentou ser professor por um tempo, mas, como tudo na sua vida, foi apenas um ciclo. Desistiu quando se deu conta de que ninguém, nem mesmo os alunos de História, estavam interessados na história. "Até é compreensível" – pensou – "pois conhecer a história provoca tristeza, ansiedade, lamentação e dor. A nossa história é um poço de injustiça social. Escravidão, guerras, genocídios, ditaduras, racismo, corrupção, desigualdade social e, por trás de tudo isso, muito, mas muito cambalacho. Por tanto, melhor mesmo é viver na ignorância". Então, Diego decidiu que não queria passar a vida em uma sala de aula, tentando ensinar um bando de adolescentes descompromissados. A verdade é que o ensino, no Brasil, está falido. Aos pobres, uma escola desagregadora e professores desmotivados. Não por acaso, estes, raramente, alcançam as universidades. Às elites – e àqueles que com muito sacrifício ainda conseguem acessar a universidade –, um Ensino Superior acrítico, superficial e meramente tecnicista, principalmente nas universidades privadas, as quais, apesar dos *slogans* bem bolados, desenvolvidos por publicitários criativos, estão mais preocupadas em sobreviverem ao capitalismo selvagem do que em formar cidadãos pensantes, comprometidos com uma sociedade mais justa e com a própria ideia de nação. Compreensível, mas não mais para Diego, que, além de tudo, ainda era tachado de "professor comunista" pelos pais dos alunos. A ascensão da extrema direita e o discurso de que é preciso uma "escola sem partido" ganhavam força no Brasil fazia um bom tempo. Lá se vão 60 anos desde que Goulart caiu, acusado de flertar com o tal comunismo, e esse fantasma segue assombrando os brasileiros desavisados. E a culpa é sempre do mensageiro. Compreensível também, afinal, esperar o que de um povo que não lê nem Paulo Coelho?

– Melhor assim – resmungou Diego.

É um bom momento para fugir do país. E, enquanto dirigia e observava todos aqueles postes plantados no chão seco, a fim de delimitar a posse da terra, pensava na sua família. Em especial no seu pai. Fazendeiro, criador de gado e cavalos, ele também construía cercas para delimitar suas propriedades. Diego se lembra das muitas vezes que o acompanhou na lida. O trabalho de cavar os buracos de tantos em tantos metros, implantar os paus que serviam de postes, os quais, seguidamente, eram feitos lá mesmo na fazenda. Para isso, era necessário derrubar árvores e serrar os troncos para que servissem como escoras para as cercas. Essas escoras deveriam ser enterradas em buracos de, pelo menos, meio metro. Para não apodrecerem no contato com a terra, os paus, feitos de madeiras nobres e, portanto, bem resistentes, ainda eram pintados com óleo ou piche. Para ficarem firmes e resistirem à pressão do arame esticado, era preciso fechar os buracos com o cuidado de socar, com a terra, pedras de diversos tamanhos para, somente então, estender o arame farpado, esticando-o com o auxílio de uma barra de ferro. Era um trabalho manual, de semanas, até meses, dependendo da área a ser cercada e a quantidade de peões envolvidos na atividade.

– Que trabalhão! – Resmungava o pai, sempre que se colocava a construir cercas.

Diego se pegou resmungando em voz alta, recordando o pai, que seguidamente se utilizava dessa exclamação:

– Que trabalho! – Repetiu em voz alta, agora consciente de que estava fazendo isso para imitar o velho.

Então, sorriu e seguiu dirigindo, acompanhando com os olhos a cerca interminável. Passou por sua cabeça que estava dirigindo por uma espécie de curral. À direita, as montanhas e, à esquerda, a longínqua propriedade de alguém que devia ter um pau duro, bem grande, grosso e enrijecido. Ao menos, assim gostaria de ser visto. Na sua neura sexual, o homem sempre busca compensar o tamanho do seu pau com suas posses. "O pai" – pensou Diego – "também devia ter um pau grande, pois a fazenda da família, adquirida no final dos anos 1970, quando se mudaram do Rio Grande do Sul para o Mato Grosso do Sul, era enorme. Quando vivo, o pai criava gado de corte, ovelhas, cavalos crioulos e, ainda, plantava soja. Ou seja, era mesmo um fazendão". Aquilo tudo não significava muita coisa para Diego.

Na verdade, a fazenda lhe foi mais importante quando criança, pois se divertia com o irmão mais velho, cavalgando pelos campos, pescando nos rios e açudes e colhendo frutas silvestres. Saía cedo da manhã, com o irmão adolescente, e passava o dia em meio à natureza. Aquilo, sim, era liberdade. Mas, uma vez, quase perdeu a vida. Até hoje carrega a cicatriz de um corte profundo no pescoço, por conta de um tombo de cavalo, próximo a uma cerca. Com a queda, Diego se prendeu no arame farpado que rasgou o pescoço. Foi sangue para todo lado. Diego se assustou e chegou a desmaiar. Se não fosse pelo mano – que embora ainda bastante jovem, foi sagaz o suficiente para amarrar o pescoço de Diego com a sua camisa e assim estancar o sangue, colocá-lo sobre o lombo do seu cavalo e galopar em alta velocidade para a sede da fazenda –, Diego não estaria, agora, nos contando essa história.

Em alta velocidade, segura o volante apenas com a mão esquerda e massageia, com a direita, o outro braço na altura do ombro. Está preocupado, já faz dois dias que sente um formigamento no braço esquerdo. Teme estar sofrendo um eminente infarto, mas sempre que tal ideia passa por sua cabeça disfarça com o pensamento de que ainda é jovem para isso, e essa sensação deve ser apenas algo psicológico. Para reforçar tal argumento e afastar o temido perigo da morte iminente do seu pensamento, repete para si mesmo que é uma pessoa que se alimenta bem, é magro, faz exercícios regularmente, e seus exames de sangue sempre estão de acordo com a sua idade. Ou seja, melhor não pensar besteira, até porque, se infartasse ali, no meio do nada, não teria muito o que fazer. Portanto, conclui que o melhor a fazer é ignorar o tal formigamento e, assim, remediado seu problema está. Dirige mais alguns poucos quilômetros até sentir vontade de fumar. Pega o cigarro e, ao fazer isso, percebe que a dormência no braço voltou. Ou nunca foi embora. Ri da sua própria loucura enquanto se lembra de que gosta de beber. Não bebe destilados nem tragos de qualidade duvidosa, não tem mais idade para isso. Ri de nervoso ao deduzir que se bebesse hoje os mesmos tragos de quando era adolescente, o seu fígado certamente não resistiria. Para evitar isso, prefere bons vinhos e cervejas artesanais de qualidade. Alguns diriam que Diego aprendeu a beber. Outros diriam que ele é esnobe. Diego prefere dizer que bebe menos, mas com qualidade. Compensações da maturidade.

Refletir sobre a sua pregressa vida boêmia – exageradamente boêmia – não contribui para o esquecimento de um possível infarto. Por mais que tente, parece uma ideia fixa, ruminante, que permanece com ele constantemente, como uma parceira de viagem. Mas estaria ele realmente sentindo aquele comichão no braço esquerdo ou tudo não passaria de uma construção mental? "Se tudo isso não for apenas uma fantasia, estou ferrado" – conclui. Mesmo lutando contra seus pensamentos, não consegue deixar de imaginar a cena de seu desfalecimento ao volante do carro, a uma velocidade alta, saindo este da pista, capotando diversas vezes com ele dentro, quem sabe, já morto ao volante. Como resposta imediata a sua própria imaginação, pisou no freio e baixou a velocidade. Quanto tempo seria necessário para alguém encontrar o carro com as rodas para cima? Dias? Semanas? Estaria ele preso ao veículo pelo cinto de segurança ou seria jogado para fora, ficando seu corpo à mercê dos lobos famintos da Patagônia, que se alimentariam da sua carne adocicada e ainda tenra? Existem lobos na Patagônia? Descarta se aprofundar nessa questão e se lembra que faz bastante tempo que dirige solitário desde que parou no último pueblo à beira da estrada. Então, olha para o relógio no console do carro e vê as horas. Quase quatro da tarde. Ainda vai demorar algum tempo para anoitecer. Ao olhar para o console, no entanto, percebe um novo problema, talvez ainda mais grave que os seus delírios hipocondríacos. Diego se dá conta de que o ponteiro que marca o combustível está na reserva. A luz vermelha, acesa no console do carro, anuncia a necessidade urgente de parar em um posto de gasolina para abastecer. "Posto de gasolina" – por um instante até a comichão no braço passou – “que posto de gasolina?” Aquela luz vermelha piscando no console, a estrada interminável à sua frente, a hora avançada do dia – sim, agora lhe pareceu bem tarde – e o cair da noite que, logo, chegaria trazendo o frio negativo do deserto. Sem combustível, nem o ar-condicionado poderá manter ligado para se esquentar. O braço dormente – segue dormente – agora começou a doer. Mesmo? Sente-se confuso. “Porra, se não morrer de um infarto certamente será de frio” – reclama Diego a si mesmo. Da testa, passou a brotar um suor gelado acompanhado de um tremor nas pernas. O coração disparou, sua visão ficou turva, e o peito apertou. O que estaria acontecendo? Sentiu medo, muito medo, e teve vontade de chorar. O suor frio logo deu lugar a um calorão que subiu pela espinha, chegando à cabeça na altura da nuca, provocando uma sensação de desmaio.

– Que confusão isso tudo! – Falou alto, seguido de um pedido que fez para si mesmo: – Diego, te acalma.

Implorou em voz alta que tudo passasse, mas suas súplicas de nada adiantaram. Ao contrário, percebeu que a visão ficava ainda mais turva e sentiu a respiração ofegante. Estaria enlouquecendo? Então, resistindo ao máximo ao pronto desfalecimento, puxou o carro para o acostamento, não mais que um metro de largura de terra, freando, já quase desgovernado, com tal violência sobre a terra seca, que uma nuvem de poeira se levantou e cobriu todo o veículo. Com a parada completa da caminhonete, assim abruptamente, depois de ladear para a direita e para a esquerda, o motor se desligou sozinho, e um silêncio tomou conta do deserto. A poeira, aos poucos, se dissipou. Apenas era possível escutar o vento, cortado por arbustos e cercas, assim como a música no carro que, agora, toca para ninguém. Lá dentro, Diego estava desmaiado. Ou morto, ainda não sabemos, deitado sobre o volante.

E assim permanecemos, todos, em suspense. O veículo atravessado, meio para fora, meio para dentro da pista. O som do zunido do vento – isso já foi dito, eu sei –, as montanhas à direita, o terreno cercado à esquerda, e Diego, imóvel, dentro do Toyota. Segundos viraram minutos, minutos pareceram horas. Se tal imagem fosse construída para o cinema, estaríamos falando de uma daquelas obras mais contemplativas, quando o diretor gosta de dar tempo ao tempo e estica, ao máximo, uma cena ou ação na qual parece que nada está acontecendo. E, de fato, nada estava acontecendo. O nada é, justamente, a ação. O famigerado diretor dessa película poderia alongar ao máximo esse momento dramático no qual nós, meros espectadores, ficaríamos na sala escura, suspensos, a olhar para o mesmo enquadramento projetado na tela branca no qual nada aconteceria além dos arbustos se mexendo ao sabor do vento. Se o provável diretor for um bom realizador, quem sabe, conseguiria criar uma certa tensão, levando até algum espectador menos acostumado com tais recursos narrativos a realmente acreditar que o nosso personagem, de fato, morreu. Pausa dramática. Mas Diego é o personagem principal, pensariam outros espectadores. Na verdade, até o presente momento, único personagem.

Portanto, ele não pode morrer, pois, nesse caso, o filme acabaria nessa cena. Ainda no seu início. Respiremos.

O espectador precisa esperar para saber o que acontecerá. Está nas mãos do diretor. Já o leitor, no caso, pode pular alguns parágrafos para logo descobrir o desenrolar dos fatos. Mas se esse suposto filme for daqueles que o diretor mata o personagem, pretensamente protagonista, no início da narrativa, justamente, para provocar um sentimento de confusão no espectador? Tirar o tapete sob os pés daqueles que haviam se identificado com Diego, que torciam por ele e o consideravam até um amigo próximo? Nesse caso, perguntaria esse espectador como o diretor resolveria o resto do filme? Melhor não. Seria muito esforço, muita energia dispensada, tanto pelo realizador quanto pelo espectador, para simplesmente matar o personagem principal, o herói, em um tosco infarto, aos 40 anos de idade, no meio do nada, no início da história, enquanto apenas dirigia seu carro. Não tem a mínima graça. Definitivamente não. Até porque – acredito eu – essa história tem potencial para mais. Poderá, um dia, quem sabe, ser um livro muito vendido, com várias edições, inclusive traduzido para várias línguas e, aí sim, até ser adaptado para o cinema. Acreditemos no Diego, no que ele tem para nos contar, bem como no seu poder de nos seduzir e, assim, todos juntos, façamos esse pacto e sigamos com ele.

Diego está vivo. Podemos todos comemorar. Zonzo e sem compreender bem o que ocorreu, mas vivo.

Devagarinho, ele foi abrindo os olhos sem a mínima ideia se dormiu por horas ou apenas por alguns segundos. O leitor também não sabe. O tempo, nesse caso, depende da percepção de cada um de nós. Aos poucos, retomava a consciência enquanto tentava respirar espaçadamente. Lembrou-se das aulas de ioga, que frequentou por apenas seis meses, por indicação de uma ex-namorada, e iniciou uma respiração diafragmática. Assim, a face pálida de Diego, gradativamente, retomava a cor natural. A música no rádio, que sumira completamente num primeiro momento, depois passou a ser um zumbido longínquo, agora, aos poucos, retornava à consciência de Diego e voltava a se fazer presente. Seguimos com The Cranberries. Ele abriu a porta para respirar o ar puro e gelado vindo das montanhas. Sentiu-se melhor. "Mas o que estava acontecendo comigo?" – Pensou. "O que seria aquilo? Por que desmaiei?" Nunca havia vivido tal sensação de medo, de angústia e de ansiedade. Um sentimento de morte anunciada, de desespero. Então, em uma velocidade assustadora, um carro passou por ele no asfalto. Foi o primeiro sinal de vida humana desde, desde... Diego ainda estava um tanto confuso. Fez força para relembrar as últimas horas e concluiu que aquele veículo foi o primeiro sinal de civilização desde a noite anterior, o que o levou à conclusão de que desmaiara de cansaço, pois estava dirigindo há quase 24 horas sem parar, sem dormir, sem se alimentar direito. Apenas fumando. E complementa em voz alta:

– Preciso de uma noite de sono em um hotel.

Mas onde? Haverá alguma cidade nos próximos quilômetros? Pegou seu celular para acionar o GPS, buscar a distância até o povoado mais próximo. Não há sinal. Obviamente, está no meio do nada. Sentia fome, sede, tudo junto ao mesmo tempo. Abriu o porta-luvas do Toyota e retirou de lá uma barra de cereal. Rasgou a embalagem, olhando com certo nojo para aquele alimento seco e sem graça, mesmo com o estômago embrulhado, deu de ombros e o devorou. Mesmo que empurrando-o para baixo com certa dificuldade, necessitando do auxílio de um resto de água já sem gás, sentiu-se melhor. Assim, decidiu retomar a viagem. Girou a chave na ignição para dar partida no carro, mas, para sua surpresa, o carro não ligou. Foi quando se lembrou da gasolina...

Abriu o porta-malas, retirou de dentro da pequena mochila que levava consigo um blusão de lã. Pegou a carteira sobre o console do carro, fechou o seu colete e adicionou mais uma camada de roupa. Apertou bem o cachecol, levantou a gola do casaco. Procurou sua toca de lã da North Face, que comprara em uma viagem pelo Atacama anos atrás e que, obviamente, nunca a usara em Campo Grande. Colocou na cabeça, deixando o cabelo negro sobrar para fora da toca colorida. Apesar do preto do cabelo, olhando bem de perto já era possível identificar alguns fios brancos. Pegou um daqueles tonéis, ou barris – não sei bem como chamar aquele objeto que acompanha essas caminhonetes *off-road* e que servem para estocar combustível –, e se deu conta de que poderia ter enchido aquilo de gasolina no último posto, o que lhe teria garantido mais uns cem quilômetros de viagem e economizado muita dor de cabeça. Agora precisará caminhar pelo deserto sem nem saber direito por quanto tempo e quanta distância. Fechou a caminhonete com o controle, acendeu um cigarro e deu o primeiro passo.

– Poderia passar um carro pra me dar carona – falou alto, acostumando com a própria voz e sem ligar para a ligeira sensação de estar louco ao falar consigo.

Olhou para trás e nada. Olhou para o céu, já mais claro, anunciando que não demorará muito para anoitecer. De fato, aquela atmosfera de final de dia começava a se apresentar. Geralmente, o céu ganha tons de um azul mais suave, por conta do sol que vai se deitando no horizonte. Como grande observador da natureza, Diego sabia que aquele momento carregava uma magia particular. A luz mais amena, um certo relaxamento da natureza, como se o vento estivesse cansando de ventar, os pássaros de cantar, o dia de caminhar. Talvez a luz não resista por mais de duas horas. Esse seria o tempo que Diego ainda teria para achar um posto, um povoado ou, ao menos, um abrigo para passar a noite. Achava que se não conseguisse uma carona estaria fodido. Falou a palavra "fodido" em voz alta. Não satisfeito, gritou, com sua voz rouca e grave:

– Fodido, porra! – E caminhou mais rápido.

Caminhava e pensava. As memórias o levavam de volta a uma casa escura e vazia, onde, sentado em uma poltrona, vestindo as mesmas roupas que veste agora,

Diego fumava, mirando o nada. A poltrona ficava próxima a uma janela pela qual uma luz forçava as frestas da veneziana e penetrava sala adentro. A fumaça do cigarro subia na direção dessa janela e, quando chegava à altura dos raios de luz, criava um belo efeito visual. Paciente, a fumaça flutuava em direção ao céu, seguindo seu caminho rumo à dispersão total, dançando pacificamente os últimos acordes de uma valsa silenciosa enquanto Diego permanecia em transe. Praticamente imóvel, apenas o braço direito de Diego, de tempos em tempos, se movia a fim de levar o cigarro até a boca e voltar a descansar sobre o encosto da poltrona. Fazia isso mecanicamente. Não se dava conta da dança da fumaça, descrita há pouco e que consiste, sempre, em uma bela imagem contemplativa para se ficar observando enquanto se fuma. Eu, ao menos, quando fumava, gostava de observar a rebeldia esguia da fumaça do cigarro contra a luz. Diego não. Ele era só vazio. Tal qual a casa, mergulhada em uma solidão constrangedora. Então, um estrondo que vem dos cômodos rompe o transe de Diego. Lentamente, ele movimentou o olhar num despertar como daqueles de quem acorda em uma rede embalada pela brisa de uma tarde de verão, após um almoço de domingo. Aquele acordar preguiçoso, quando os olhos se abrem, mas a mente segue imersa nos sonhos por mais alguns segundos. Lá, no mundo dos sonhos, tudo sempre parece muito melhor, mesmo os pesadelos. Justamente por isso, Diego demorou um pouco para perceber o que havia ocorrido, tempo suficiente para que Ângela viesse até a porta da sala com um objeto nas mãos.

– Desculpa, Seu Diego, deixei cair um dos porta-retratos da sua mãe. Quebrou.

Ângela, uma mulher de aproximadamente 60 anos, vestia um avental azul de corpo inteiro sobre um vestido longo, amarelo, estampado com flores coloridas. Cabelo preso por um coque, óculos de grau daqueles que chamaríamos, antigamente, não sei mais se hoje poderíamos dizer isso, "fundo de garrafa", e sandálias artesanais de couro. Caminhou até Diego e lhe entregou a fotografia que estava no porta-retratos quebrado.

– A moldura coloco fora, né, Seu Diego? Não dá pra mais nada. Me desculpe.

– Claro, Ângela, coloca fora. Nem esquenta.

Deu razão à empregada, quase parte da família, que toda vida esteve naquela casa com os seus pais. Esticou o braço para pegar a fotografia que ela lhe alcançava. Olhou-a. A família pousa para um fotógrafo amador, o que é facilmente perceptível por conta do enquadramento malfeito, que corta os pés na altura das canelas das pessoas, ao mesmo tempo em que há tanto teto que foi preciso fazer uma dobra de aproximadamente um centímetro e meio para disfarçar a esquisita composição da fotografia. Também é fácil perceber que aquela foto data dos anos 1980. A textura do papel, as cores, as roupas das pessoas e os cortes de cabelo, assim evidenciam. Também é possível observar que Diego e seu irmão, provavelmente, estão, no máximo, com 10 e 15 anos de idade, abraçados aos pais, em frente a uma casa. Diego confirmou tais percepções quando comentou com Ângela sobre o dia que realizaram aquele registro.

– Tu se lembra do dia que tiramos essa foto, Ângela? A madrinha tinha comprado uma câmera daquelas que até uma criança podia fotografar, e a gente gastou um filme inteiro fazendo fotos aqui em casa. Fotografamos o Mickey, lembra do Mickey, aquele vira-latas esperto? A casa velha. O pai, em frente ao Corcel II cor azul-calcinha que ele amava de paixão. A única foto que saiu foi essa.

– Lembro-me, sim, as fotos que eu aparecia também não saíram. Tua madrinha era uma péssima fotógrafa.

Diego pensou no irmão, motivo daquela viagem. Hoje, Diego está com 40, e o irmão com uns 45 ou 46 anos. Naquela época, os cinco anos que os separavam eram cruciais para definir o afastamento deles. Ele ainda jogava bola, enquanto o irmão já ajudava o pai na lida cotidiana da fazenda. Embora menor de idade, dirigia o trator, o caminhão e ia para a cidade fazer as compras no supermercado com o Corcel do pai. Mal se lembrava de momentos compartilhados. Por isso, as poucas vezes que o irmão brincara com ele marcaram significativamente sua história. Lembrou-se, por exemplo, de uma vez que jogaram bola juntos. O irmão no gol e ele chutando pênaltis. Geralmente, Diego era o goleiro de uma partida solitária, quando chutava a bola contra a parede e se jogava para a direita ou para a esquerda para defender a bola rebatida. A mãe ficava irritadíssima, pois as paredes da casa viviam marcadas pelos gomos da bola. Por outro lado, entendia que o filho precisava se divertir. A solidão de Diego forjou um homem introspectivo, reflexivo e, talvez justamente por isso, bastante criativo. Era preciso criatividade para passar as horas brincando sozinho. Depois, para completar o quadro, Diego é um pisciano, vive no mundo da lua e dos sonhos. Portanto, a tendência de viajar em pensamentos é algo que sempre o acompanhou.

A voz de Ângela tirou Diego do seu devaneio e o trouxe de volta para aquela sala onde, novamente, se viu só. Diego dobrou a fotografia e a guardou no bolso de dentro da jaqueta de couro, e Ângela desapareceu no corredor escuro da casa, levando os restos mortais daquele porta-retratos para o lixo. Foi nesse momento que Diego a avisou que iria fazer uma viagem. Ao menos, as palavras – "vou fazer uma viagem" – saíram da sua boca.

O som ensurdecedor de um motor V8 ecoava pela Patagônia enquanto Diego, absorto em seu passado, concluía que estava se superando nessa tendência ao abstracionismo reflexivo. Gostaria de ser mais prático. Se assim fosse, talvez não teria perdido a oportunidade de estender o braço e pedir carona àquele veículo que acabara de passar por ele. Pensou que, dadas as circunstâncias do momento, deveria ter se jogado no asfalto para solicitar, implorar, suplicar, obrigar aquele senhor de chapéu de aba larga e bigode avantajado, que mais lembrava um mexicano, parar para lhe dar uma carona até o próximo posto. Não o fez. Felizmente, o veículo parou sem que

Diego solicitasse. “Estou salvo” – pensou, ao perceber que o argentino, gordo, de fartos bigodes e chapéu de aba larga, reduzia a velocidade e estacionava alguns metros à sua frente.

A velha caminhonete Ford era de uma precariedade sem explicação. Aliás, explicação parecia não haver para justificar como aquele pedaço de lata velha enferrujada e retorcida seguia rodando pelas estradas da vida. A janela do lado dele não funcionava, estava escancarada, praticamente toda aberta, e não fechava um centímetro sequer. Isso fazia com que a sensação de frio daquele, agora sim, final de tarde, fosse ainda maior. Diego estava duro, tilintando. Os lábios eram dois pedaços de gelo por onde a língua deslizava sem cerimônia, tal qual patins sobre um lago congelado. Tentou se encolher ainda mais, ao mesmo tempo afastando-se da janela, o máximo que era possível, sem parecer que estaria se aproximando demais do velho argentino. Enquanto isso, disfarçava o frio, admirando o pôr do sol no horizonte à sua frente. “Que cores impressionantes!” – exclamava em pensamento. Se não fosse a situação peculiar que conjugava, no mesmo tempo e espaço, o frio insuportável, o barulho ensurdecedor do motor e o intenso cheiro de gasolina queimada, que já estava lhe fazendo mal, associado ainda à fome que sentia, aquele momento de tão sublime beleza poderia ser melhor aproveitado. Para fechar o conjunto das atrações oferecidas pela carona salvadora, o argentino, que fedia a porco e suor, começou a perguntar sobre sua vida. De onde vinha, quem era, o que estava fazendo na Argentina, o que acontecera com seu carro, qual era a profissão.

– Ator – disse Diego.

– Actor!? – Exclamou e interrogou, ao mesmo tempo, o argentino.

– Si, ator.

– Brasileño?

– Si, ator, brasileiro.

– De telenovelas?

– Si. Tambien hago la novela.

– De la Globo?

– Si, trabajo para la Globo.

Ao ouvir aquilo, o argentino freou o veículo e quase jogou Diego para além do para-brisas, uma vez que não havia cinto de segurança e, mesmo assim, mais uma questão inexplicável, o senhor dirigia a uma velocidade de, pelo menos, cento e vinte quilômetros por hora. "Como aquela lata velha chegava a tanto?" Quando, finalmente, Diego se viu a salvo daquele claro atentado à sua vida, olhou para o lado com cara de poucos amigos e deu de frente com o argentino, que lhe esticava um pedaço de papel e uma caneta. Em espanhol, o velho solicitava um autógrafo para a filha, que era apaixonada por novelas brasileiras.

– No me gusta mucho que pase horas frente a la tele. La verdad es que no hay nada para hacer. Ella va a estar tan contenta cuando le diga que me dirijo con un actor de la Globo. ¿Tú no me estás engañando, verdad?

Enquanto assinava o papel, resignado, Diego olhou para o senhor à sua frente, ainda com cara de poucos amigos, e sutilmente fez que não com a cabeça. O argentino o olhou obcecadamente por alguns longos segundos, o suficiente para constranger Diego. Então, abruptamente, gritou que, sim, Diego era ator da Globo. Agora ele o reconhecia. Ao fazer isso, no entanto, admitiu que gostava das novelas brasileiras.

– Las novelas son muy buenas, pero los telediarios, muy tendenciosos.

Dito isso, sem aguardar uma resposta de Diego, acelerou novamente sua caminhonete e retomou o deslocamento pela ruta. Autógrafo dado, o sol já posto no horizonte, só faltava, mesmo, o posto de gasolina. E um hotel, se não fosse pedir muito. Claro, aquele argentino calar a boca por alguns segundos que fosse também seria bastante provincial. Mas não, agora com ainda mais intensidade, digamos assim, o argentino não parava de falar da filha, que queria ser atriz, estava enchendo o saco para ir a Buenos Aires estudar teatro, mas que isso era impossível, afinal, como poderia ele ficar longe da única menina? O dinheiro era um motivo também, mas esse sempre se arranja. O problema mesmo era ver a filha nessa putaria que é vida de artista. Diego passou a ficar de má vontade com aquele senhor. Mentalmente, por um lado, disse para si mesmo: "esse senhor está me salvando a vida". No entanto, o mantra interno de Diego não surtia efeito e, à medida que mais escutava aquela voz, mais ódio – inexplicável até – passava a nutrir por aquele homem. Tentou achar uma explicação para tal sentimento. Talvez pudesse ser o tom da voz, o timbre, o jeito.

Pensou que, quem sabe, por conta do espanhol, por não entender muito bem o sotaque peculiar daquele argentino. Ou, ainda, porque estava se acostumando demais com o silêncio. Silêncio dele, rompido apenas pela sua própria voz. Porque, no geral, Diego não se sentia à vontade para dividir o silêncio com pessoas estranhas. Dessa forma, melhor que o argentino falasse, não é mesmo? Pior que não, naquele momento específico até o silêncio constrangedor seria melhor, concluiu Diego. Foi então que interrompeu o homem perguntando se faltava muito para chegar ao posto de gasolina. Era mais para que a voz do homem lhe desse alguns segundos de alívio do que para, precisamente, saber quando chegaria ao destino, isso já não mais o importava, desde que lá chegassem. Mas, ao perceber a expressão de dúvida do muchacho, reestruturou a pergunta:

– Stazione di Servizzio? No, no italiano... Deixa eu me lembrar, claro, ¿¡gasolinera!? ¿Gasolinera, dónde?

– Ah, si, si, si, si. Pero no hay una gasolinera cerca.

Agora, sim, ainda mais surpreso com a resposta, Diego perguntou novamente, pois poderia ser que o seu espanhol estivesse tão ruim que o homem não o havia compreendido bem. Mais surpreso ainda ficou ao perceber que sim, ele havia entendido muito bem, mas não, não havia postos de gasolina a menos de cem quilômetros dali. Tudo bem, disse o novo amigo de Diego, porque tinha um pueblo cerquita onde ele poderia dormir e, amanhã cedo, então mais descansado, seguir em frente até chegar à gasolinera. E que Diego ficasse tranquilo, pois ele o deixaria bem em frente ao pueblito, mesmo que para isso precisasse seguir mais alguns quilômetros – o que seria um grande sacrifício e custo em gasolina – pois, na verdade, a entrada do seu rancho ficava antes do povoado. Mas ok, em troca da amizade e do autógrafo, faria isso. Diego agradeceu, voltou a se calar e a observar a ruta no exato momento em que passaram por uma placa de trânsito a qual – Diego já havia percebido antes – servia não apenas para advertir sobre a estrada ou a velocidade permitida, nem mesmo para informar o viajante sobre alguma cidade próxima, e sim para dizer aos estrangeiros e lembrar os argentinos que "las Malvinas son nuestras".

Essas placas eram comuns. Diego havia visto várias desde que entrara em território argentino. Até quis puxar conversa com o seu novo amigo sobre as Malvinas, perguntar qual seria a sua opinião sobre o conflito que ocorreu entre Argentina e Inglaterra no ano de 1982, quando o governo militar que comandava os rumos do país naqueles anos, na eminência de perder o poder por conta do enfraquecimento do próprio regime ditatorial, praticamente inventou uma invasão às ilhas, então pertencentes ao Império Britânico, a fim de desviar a atenção dos problemas internos da Argentina e provocar um sentimento nacionalista que unisse o país em torno de um inimigo comum – uma estratégia bem comum em regimes autoritários, embora os americanos façam isso o tempo todo e sejam considerados uma democracia. Bueno, apesar da curiosidade de conversar sobre tal temática com um verdadeiro argentino, Diego decidiu deixar para falar sobre isso com outra pessoa qualquer e seguiu refletindo sozinho sobre esse fato histórico marcante e que diz respeito não apenas aos britânicos e argentinos, mas também ao Chile, ao Brasil e a todo o mundo. Isso porque, desde que a Argentina invadiu a ilha, em abril daquele ano, tanto Brasil como Chile precisaram se superar na diplomacia internacional para evitarem problemas com a vizinha Argentina e, ao mesmo tempo, com a toda poderosa Inglaterra. Salvo algumas situações pontuais, de aviões britânicos pousando em território brasileiro para abastecer, por exemplo, parece que o Brasil se saiu melhor que o Chile nessa difícil tarefa diplomática de construir um posicionamento neutro à guerra, sem desagradar argentinos ou ingleses. Os chilenos já não. Talvez por conta das rusgas históricas com os argentinos ou, talvez, por afinidade com os ingleses, optaram por ajudar os súditos da Rainha Elizabeth. Isso os aproximou dos britânicos, é verdade, mas, obviamente, gerou uma tensão histórica – mais uma – nas relações com a Argentina. Até hoje os chilenos não descem bem aos argentinos. Por outro lado, Diego lembrou-se de uma vez quando foi a Montevidéu e brincou com um garçom, dizendo que eles eram todos hermanos, brasileiros, argentinos e uruguaios, e este lhe respondeu afirmando que uruguaios e brasileiros, sim, são irmãos, mas os argentinos eram primos distantes, concluindo assim que era verdade que os argentinos têm rusgas históricas com todos os vizinhos, embora, dessa vez, estivessem com a razão. Os chilenos não tinham nada que abrir as pernas para os ingleses.

Já os hermanos não tinham nada que arranjar "sarna pra se coçar". Na tentativa de manter o regime militar vivo por mais algum tempo, Galtieri, o general que presidia o país na época, convenceu a população de que a Argentina deveria incorporar as Ilhas Malvinas. O argumento do governo era de que a Argentina tinha direito natural sobre aquelas ilhas, pois, uma vez elas tendo pertencido à Espanha, com a independência argentina, em 1822, deveriam ter sido transferidas diretamente para o país platino. Portanto, os britânicos, que tomaram posse das ilhas em 1833, haviam saqueado um pedaço da Argentina, e isso era inadmissível. O governo de Galtieri foi eficaz em convencer a população e obteve respaldo para enviar as tropas argentinas para as ilhas. Quando os soldados desembarcaram nas Falklands Islands, como são conhecidas na Inglaterra, e tomaram posse do território sob o olhar estarrecido da pequena população local, formada basicamente por civis descendentes de escoceses e irlandeses tomadores de Guinness, hasteando a bandeira alviceleste e festejando a vitória, em Buenos Aires todos também saíram às ruas para comemorar. Não foi necessário muito tempo, no entanto, para que Londres organizasse seus soldados e os enviassem ao extremo sul da América do Sul para recuperar essas ilhas, que nem mesmo os súditos mais fiéis da rainha sabiam que existia. Assim, em junho do mesmo ano, a bandeira britânica foi novamente hasteada nesse pequeno território inglês perdido no fim do mundo, após derrotar o precário exército argentino, que não contava nem com uniformes apropriados para resistir ao frio de dez graus negativos. Diego conhecia bem essa história, pois a estudou na faculdade. Movido por uma curiosidade que nasceu ao perceber que em toda a América do Sul, excetuando o gigante Brasil, havia apenas quatro territórios que não tinham o espanhol como a língua oficial, Diego procurou saber um pouco mais sobre as Guianas, inglesa e francesa, sobre o Suriname e sobre as Malvinas. Possivelmente porque se lembrava, mesmo que vagamente, das notícias sobre o conflito quando, ainda criança, assistia ao Jornal Nacional sentado no colo do pai, acabou aprofundando-se um pouco mais nesse capítulo da história sul-americana. Até um artigo sobre o tema Diego publicou na época.

Um verdadeiro massacre que representou o último suspiro do regime militar, ainda em 1982, e abriu espaço para a eleição democrática que levou Raúl Alfonsín ao poder. No entanto, como consequência, a Argentina mergulhou numa crise econômica sem precedentes enquanto que, em Londres, a vitória viabilizou a reeleição de Margaret Thatcher, em 1983, e abriu espaço para o processo de privatizações das empresas estatais inglesas, o que acabou se tornando um modelo mundial, seguido por diversos outros países, e definindo uma das principais características do período histórico que veio a ser conhecido por Neoliberalismo. Por isso falei, lá em cima, que essa guerra dizia respeito a todo mundo, e não apenas àqueles envolvidos diretamente no conflito. Isso porque, sem a invasão às Malvinas não haveria guerra, sem guerra não teria havido vitória britânica, e sem a vitória, provavelmente, Thatcher não seria reeleita, e o programa inglês de privatizações talvez tivesse demorado mais um tempo para acontecer. Mas é melhor parar por aqui. Afinal, sabemos que os nossos governantes são, também eles, apenas peças de um jogo jogado por forças muito maiores. Sem Thatcher, outro Primeiro-Ministro teria feito as privatizações. Demoraria um pouco mais, pode ser, mas essa bola já estava quicando e seria chutada por alguém. Refletir sobre como teria sido "se tivesse ocorrido isto ou se tivesse ocorrido aquilo" não é algo bem-visto pelos historiadores, e Diego é um historiador, embora não trabalhe como tal. Uma coisa, no entanto, é fato e é importante esclarecer: o quanto uma decisão de um país periférico, aqui no sul da América do Sul, pode influenciar uma história que repercutiu mundialmente. Enfim, o regime militar não resistiu à derrota, Alfonsín se tornou presidente, a Argentina mergulhou numa crise da qual tenta até hoje se reerguer, mas as Malvinas seguem vivas na memória do país, tal qual uma ferida exposta que nunca é sarada. Talvez até propositalmente. E essas placas distribuídas em todas as rutas da Argentina são um indício de que o mito das Malvinas segue vivo na memória dos nossos vizinhos e ainda os une em torno de uma mesma ideia.

Apenas em 1999 o governo britânico permitiu que os argentinos voltassem a pisar na ilha. Desde então, muitos parentes de soldados fizeram essa viagem para visitar o cemitério de Darwin, onde foram sepultados os soldados argentinos mortos em combate. Não se sabe ao certo se é uma lenda, mas dizem que, quando finalizada a guerra, os britânicos se ofereceram para repatriar os corpos dos argentinos. Em resposta, os familiares dos soldados mortos foram unânimes em dizer que "no se puede repatriar lo que ya está en la patria". Por isso, até hoje, lá descansam os restos mortais daqueles jovens enviados a mais um daqueles conflitos sem sentido e sem vitoriosos.

– Numa guerra nunca há vencedores.

Foi concluindo isso em voz alta que Diego ouviu o argentino dizer que estavam, justamente, passando em frente à entrada do seu rancho. O pouco que foi possível ver por conta da velocidade e do breu da noite permitiu perceber que se tratava de um portão de madeira moldurado por três postes instalados como se fossem uma goleira de futebol, na qual, do poste que servia como travessão, pendia uma placa. Não foi possível lê-la, já estava escuro demais para isso, mas, deduziu Diego, nela deveria estar escrito o nome do lugar. "Qual nome este senhor deve ter dado ao seu rancho?" – Perguntou-se Diego com relativa curiosidade. Mas apenas pensou. Não teve coragem de perguntar. Mal acabara de refletir sobre tudo isso e, pronto, como num passe de mágica, estavam no pueblo.

– Que figura! – Deixou escapar em voz sussurrante, pois o povoado fica a menos de cinco minutos da entrada da casa daquele homem. Que "grande sacrifício" lhe fizera aquele argentino fanfarrão.

As lâmpadas que pendiam sobre as poucas casas daquele povoado iluminavam a escuridão do deserto e eram a promessa de um banho, uma comida quente e, se não fosse pedir muito, também uma cama limpa com lençóis brancos bem-esticados. É preciso tão pouco para fazer o ser humano feliz. Num momento desses, fica claro a qualquer um que é isso que importa. Lidar com as necessidades básicas: se aquecer, se alimentar e dormir bem. Após deixá-lo em frente ao hotel, o argentino foi para casa. Não sem, antes, levantar poeira e dar uma buzinadinha para se despedir. Diego não gostou de comer terra, claro, mas enquanto batia o pó da sua roupa agradeceu aos espíritos do deserto por estar salvo – já que a um ateu soaria um tanto falso agradecer a um deus. Levando em conta os acontecimentos da longa jornada, tudo poderia ter sido bem pior. Agora, ao menos, estava vivo e estrategicamente abandonado em frente a um hotel que, aliás, por si só, soava como um milagre, devido ao tamanho daquele pueblo. Olhou melhor para os lados e deduziu que havia ali, em torno de umas vinte ou trinta casas, todas construídas em Adobe, uma técnica de construção milenar que mistura barro com palha para erguer as paredes e, com isso, apesar de feias, as moradias permanecem refrescadas durante o dia, quando o sol do deserto pode aumentar as temperaturas em até trinta, quarenta graus, ao mesmo tempo em que, durante a noite, as mantém ainda aquecidas. Ou seja, ao se dar conta do lugar onde estava, Diego chegou à conclusão de que não deveria esperar muito daquele hotel. Dito isso em voz baixa, para si mesmo, optou por não ampliar a discussão mental acerca das características do seu futuro quarto e voltou a pensar nas casas de Adobe enquanto acendia um cigarro para fumá-lo, antes de entrar no hotel. Lembrar o nome da técnica de construção o levou a um passado relativamente distante e ao afeto que tinha para com a arquitetura. Lembrou-se de uma ex-namorada, arquiteta, que na época da faculdade tinha essa vontade de trabalhar com técnicas alternativas de construção. Diego sorriu, não se sabe se por ter despertado uma boa lembrança da ex-namorada ou por ter se lembrado do nome daquele tipo de construção. Com aquela mente irrequieta e desatenta, que viajava de norte a sul, do passado ao futuro, em apenas uma ou duas sinapses cerebrais, relembrar nomes e datas era sempre um desafio pessoal. Mas, para digressões íntimas, Diego era um fenômeno. Do pouco espaço e tempo que havia entre ele, o cigarro a ser fumado, a porta de entrada do hotel e o balcão de atendimento, onde seria recepcionado por um sonolento senhor que jazia em uma cadeira de vime escorada contra a parede, Diego conseguiu concatenar uma série de memórias que o levaram quase à adolescência. Lembrou-se da ex-namorada, fato que o fez pensar no Fórum Social Mundial (FSM), evento de corrente política esquerdista que aconteceu em Porto Alegre, sua cidade natal, onde voltara a viver nos anos 2000, quando decidiu que seria ator. Para isso, prestou vestibular e passou no Departamento de Artes Dramáticas da Federal gaúcha, carinhosamente chamado de DAD, e se mandou para Porto. Se estivéssemos em frente ao Diego, neste momento, possivelmente perceberíamos que ele seguia com um sorriso no rosto. Não era para menos, ele nos diria, afinal, em 2001, quando o FSM aconteceu, ele tinha pouco mais de 20 anos. Era um jovem utópico com quase tudo a descobrir. "Um outro mundo é possível", era o *slogan* do evento o qual, na sua terceira ou quarta edição – não se lembrava bem –, levou para Porto Alegre mais de 150 mil pessoas de todos os cantos do planeta. Um número impressionante. Imaginem um jovem estudante de artes cênicas, que viveu boa parte da vida numa fazenda no Mato Grosso do Sul, de repente, solto no meio de toda essa profusão cultural. Nada mais verdadeiro que aquele *slogan*. De fato, um outro mundo seria bem possível depois daquela experiência. Foi nessa época que conheceu o pessoal que fazia arquitetura na UFRGS, a Universidade Federal do Rio Grande do Sul, e dentre toda aquela galera massa, a ex-namorada *hippie*-arquiteta-*punk*-pequeno-burguesa, habituada a pisar no barro durante a semana – para construir paredes de Adobe – e fazer as unhas às sextas-feiras, após as cinco horas da tarde, para poguear, com estilo e contrassenso, nas festas mais radicais da capital gaúcha. Foi numa dessas festas, nas famosas Catacumbas do CEUE, aliás, que ele a viu de longe. Ficou interessado nela, mas ela parecia louca demais, linda demais, segura demais, descolada demais. Enquanto ele, assustado demais. Então, intimidado, o menino do mato decidiu descartar a possibilidade de uma aproximação arriscada. Apesar de fasciná-lo, a timidez não o permitia ter a coragem necessária para acreditar que aquela mulher poderia se interessar por ele. Dois dias depois, entretanto, enquanto fumava um cigarro com seus amigos do Instituto de Artes, Diego reconheceu a mesma guria vindo na direção deles. Agora, diferentemente da noite da festa, a *femme fatale* vestia uma saia indiana com detalhes que pareciam pequenos espelhos os quais brilhavam enquanto ela caminhava, conforme a incidência da luz. Para completar o *look* descompromissado, sandálias de couro artesanal e umas tranças coloridas no cabelo ruivo, liso e comprido até o meio das costas. Não era de se estranhar que na pequena-grande Porto Alegre, onde naquele momento até era possível acreditar utopicamente num outro mundo possível, aquela menina fosse amiga de um dos colegas de DAD. Por isso, quando Diego se deu conta, lá estava ela, na sua frente, esperando que ele a cumprimentasse após o amigo tê-los apresentado. Diego, claro, não havia nem se dado conta, absorto que estava em seus pensamentos, mas foi naquele mesmo momento que decidiu que casaria com aquela mulher. A história foi testemunha que esse casamento não ocorreu, mas o encontro dos dois rendeu um belo romance. E tudo começou com um insólito instante de coragem de Diego, que a convidou para tomar uma ceva no bar em frente à faculdade. Não sabe se por causa da cerveja – provavelmente não – ou do papo, desde aquele dia permaneceram grudados por um bom par de anos. Às vezes, e de uma forma particular, o namoro deles até lembrava a música Eduardo e Mônica, do Legião Urbana. Isso porque, embora ele fosse mais velho, era ela quem tinha muito mais referências que ele. Apesar dos pesares, a verdade é que Diego não passava de um guri da roça. O curso de História, que Diego decidiu fazer paralelamente ao de Artes Cênicas, por exemplo, nasceu da influência da mãe da nova namorada, que era professora da pós-graduação. Foi uma relação que lhe fez muito bem em vários sentidos. Enfim, poderíamos – Diego e eu – seguir contando mais sobre as suas aventuras românticas, mas, infelizmente, o cigarro havia acabado e a distância até o balcão da recepção do hotel, finalmente, vencida.

– Documento, por favor – disse o recepcionista a Diego

– Sí, claro.

O quarto era ok. Não dava mesmo para esperar muito daquele lugar e, justamente por esperar muito pouco, Diego foi surpreendido com uma habitación limpa, cama boa, bastante cobertas, chuveiro com água quente. Não precisava nada mais que aquilo. Bom, talvez uma comida quente, como havia pensado anteriormente, mas agora isso lhe parecia perda de tempo e, depois, o senhor da recepção já havia dito que a cozinha estava fechada, era preciso chamar uma tele-entrega – sim, havia uma única tele-entrega naquele povoado. Mas o problema é que o único restaurante do pueblo estava fechado. Diego estava tão exausto que decidiu usar isso como argumento favorável para esquecer a fome. Concentrou-se no banho quente e na cama. Dormiu em zero segundos, acordando só no dia seguinte, tarde da manhã, com a luz do sol batendo no rosto após atravessar o vidro rachado da janela a qual, na ânsia por uma noite bem-dormida, esqueceu-se de cobrir com a cortina de rendas que se movia quase imperceptível por causa do vento que soprava pelas frestas da parede. Levantou-se, tomou mais um banho. Nunca fazia isso, gostava era de tomar banho de noite, dormir bem limpo e acordar pronto para a vida. Nunca entendeu as pessoas que precisavam tomar banho também pela manhã, afinal, suas camas não estavam limpas? Menos ainda, aquelas pessoas que não tomavam banho antes de dormir para o fazer, apenas, pela manhã. Dormir sujo, depois de um dia inteiro de correrias por esse mundão cheio de pó, poluição, odores e suores, não dava. Achava um contrassenso tomar banho somente de manhã, como se estivessem se lavando para esse mundo sujo – de fato e metaforicamente – que lá fora insiste em seguir existindo. Às vezes, tinha vontade de nem sair de casa, se trancar em si mesmo, se encolher na cama e lá permanecer sozinho, em posição fetal, protegido das maldades do mundo por aquele útero improvisado com cobertas e lençóis. Tinha apenas 40 anos, mas tantas perdas e decepções que já poderia até encaminhar um pedido de aposentadoria por tempo de serviço. Infelizmente, não era possível permanecer trancado em um quarto para sempre. Até porque Diego possuía, em si, certa teimosia que não permitia que se entregasse. Por isso, enquanto secava o cabelo e se vestia, voltou a pensar nas pessoas que tomavam banho de manhã para se apresentarem ao mundo cheirosos e limpos. "Ah, o mundo não merece isso!" – Riu da exclamação que acabara de fazer enquanto escovava os dentes para descer e encarar mais um trecho da viagem, a qual, provavelmente, faria a pé. Teria que caminhar até um posto de gasolina, abastecer seu galão – lembrou-se do nome daquele troço que precisava encher de gasolina – e retornar até sua caminhonete.

Terminou de se vestir e desceu para o café da manhã. Um homem precisa encarar os seus desafios.

Ovos mexidos, pão, um café quente, manteiga. Tomou café e resolveu falar com o recepcionista, que agora de manhã não era mais o mesmo da noite anterior, e sim um jovem de cabelos parcialmente raspados e uma franja que se estendia de cima da cabeça até os olhos. Vestia uma camisa xadrez de flanela e uma calça jeans colada às pernas. Mesmo magro daquele jeito, era de se perguntar como aquela calça havia entrado naquele corpo. Ele explicou a Diego que havia um senhor a três quadras dali, mais ou menos onde o pueblo acabava, que muitas vezes conservava alguns galões de gasolina na sua garagem. Não era certo, mas valia arriscar e não lhe custaria mais do que alguns minutos. Caso tivesse o combustível em casa, Diego não precisaria seguir por mais oitenta e poucos quilômetros, a pé, até o próximo posto.

Pagou a conta do hotel e saiu pela rua de chão batido em direção à casa que o rapaz lhe indicou. Ao chegar lá, foi bem recebido por um homem de uns 50 anos que cortava lenha com uma serra adaptada a um carrinho de madeira. Com a serra desligada e o barulho cessado, conseguiram se comunicar. O homem tinha gasolina sobrando e, de quebra, ainda combinaram um preço justo para que levasse Diego de volta à caminhonete. Foi assim que ele descobriu que a serra usada para fazer lenha estava adaptada a uma espécie de trator que se movimentava muito lentamente, mas permitia que aquele homem pudesse se deslocar com sua ferramenta de trabalho, a fim de fazer lenha para quem o chamasse. Tratava-se de uma geringonça, mas era preciso admitir, era genial. Tão genial que se ele fosse descrever aquela bizarrice em um texto, por mais detalhado que fosse, provavelmente, o leitor nunca conseguiria imaginar o design daquela máquina que, agora, o estava levando até sua caminhonete. Foi então quando os dois avistaram o veículo abandonado por Diego na noite anterior. O argentino ainda o ajudou a colocar a gasolina na caminhonete e testar se ela voltaria a funcionar. Com o motor ligado, ambos se despediram. Diego agradeceu, e o homem ainda ressaltou que não se esquecesse de parar na gasolinera quando por ela passasse. Após falar isso, piscou amigavelmente com o olho direito e seguiu dirigindo sua serra-motorizada. Pelo retrovisor, Diego ainda viu aquele homem no fim do fundo da América do Sul, com sua máquina incrível que nem mesmo Júlio Verne sonhou, trafegando, lentamente, pelo acostamento da rodovia. Uma cena que faria Win Wenders morrer de inveja. Aquele senhor argentino, vestido com um pesado casaco de lã xadrez em tons de cinza, um gorro Maia, encolhido sobre aquele veículo de madeira, enjambrado, a percorrer a estrada emoldurada pelas montanhas dos Andes, a uma velocidade de não mais que dez quilômetros por hora, era a verdadeira história real. Pelo retrovisor do carro, Diego via aquela imagem se distanciando e se apequenando enquanto escutava Vitor Ramil.

– Ah, se eu tivesse uma câmera fotográfica – resmungou Diego.

A viagem transcorreu sem mais problemas. Não se esqueceu de parar no posto de gasolina, onde abasteceu o tanque ao máximo. Aproveitou também para encher o galão reserva para alguma possível nova emergência e, por pouco, não comprou um novo galão. Desistiu ao ser advertido que se viajasse pela Ruta 40, mais adiante, teria a necessidade de comprar mais um pneu reserva. Aquela ruta, em determinado momento, transforma-se em uma estrada sem asfalto, com muitas pedras soltas, os rípios, como chamam os argentinos, que são muito eficientes em rasgar os pneus dos carros. E se ele estava espantado com a baixa densidade demográfica do norte, que esperasse para ver como seria depois de Bariloche. Da cidade turística, conhecida internacionalmente por suas estações de esqui, até El Calafate, são dois ou três dias de viagem por uma parte da Ruta 40 sem asfalto e praticamente despovoada. É muito comum furar ou rasgar vários pneus em uma viagem dessas e, se o viajante estiver desavisado, poderá permanecer no meio do deserto, sem ajuda, por dias. Além disso o frio, por lá, é muito mais intenso. No entanto, a paisagem é belíssima, e o céu, à noite, de tirar o fôlego. Por isso é melhor comprar o galão em Mendoza, que é uma cidade maior e sairá mais barato, recomendou o frentista do posto. Como ele precisará comprar mais coisas, que faça tudo lá, pois agora não precisará. O restante da viagem será mais tranquilo, e ele estava se aproximando da região mais povoada da Ruta 40. Mas, em San Juan ou Mendoza, realmente, se seguir viagem sozinho pela Patagônia, que faça as compras necessárias. É bom levar, ao menos, dois *steps*, mais galões para gasolina, água, comida, um saco de dormir, mantas, quem sabe uma roupa para o frio polar e uma bebida forte, que sempre ajuda a esquentar e amenizar a solidão. É preciso lembrar que depois de Bariloche já estará quase no fim do mundo. Diego não sabe se foi a conversa que o deixou excitado, num misto de medo e curiosidade em enfrentar o mundo sozinho, mas percebeu que aquela dormência no braço e a tontura haviam voltado. Decidiu não dar importância, não deveria ser nada demais. Aumentou o som do carro e seguiu viagem na companhia de "Riders on the Storm", do The Doors.

Passou a se lembrar do filme de Oliver Stone, com Val Kilmer interpretando, magistralmente – segundo o próprio Diego – o vocalista Jim Morrison. Foi uma obra marcante da sua adolescência. Lembrou-se de vê-la no antigo Cinema Baltimore, no bairro Bom Fim, em uma viagem que fez para Porto Alegre, a fim de visitar os parentes que ainda viviam na capital gaúcha. Devia ser 1992, o filme era de 1991, mas chegara com certo atraso na pequena província de São Pedro. Na sala do Baltimore, artistas, jovens, bêbados e maconheiros assistiam ao filme na sessão da meia-noite. O entra e sai de pessoas da sala era constante. O motivo era fumar um baseado no banheiro, onde havia uma janela basculante sobre um dos vasos sanitários que ajudava a disfarçar o cheiro da erva queimada. O pessoal dizia que era o melhor banheiro de cinema do mundo. Lá dentro da sala escura, naqueles anos decadentes, Val Kilmer vivia um dos maiores mitos do rock mundial enquanto uma parte da galera cantava junto as músicas e a outra metade do público vegetava, em estado de chapadeira total, contemplando a sucessão de imagens projetadas sobre a tela amarelada do velho cinema de calçada sem muito concatenar racionalmente sobre o que estavam assistindo. Val Kilmer era o próprio Jim Morrison, encarnara o personagem.

– Ainda bem que não pegaram o John Travolta para fazer o Jim – concluiu Diego, em voz alta.

No carro, enquanto se lembrava também de uma viagem que realizara à França, Diego cantava, feliz. A relação indireta que estabeleceu entre The Doors e a cidade de Cannes ocorreu devido a um fato inusitado. Em um *hostel* de quinta categoria, na famosa cidade da Côte d'Azur, fez alguns amigos e, dentre os quais, havia um jovem americano bastante alto e forte. Foram todos para um bar e, depois de uma sequência de cervejas e vinhos, aquele jovem de aproximadamente 24 anos, na época, confidenciou que era sobrinho do Jim Morrison. Diego nunca soube se aquilo era mesmo verdade, mas por que não acreditar? Na dúvida, melhor não duvidar. Era como Diego encarava a relação com as pessoas. Geralmente se dava mal, se decepcionava. Mas, por outro lado, dessa forma havia conhecido algumas das pessoas mais encantadoras que passaram por sua vida. Simplesmente acreditando nelas. Então, não lhe soou nada estranho ouvir de um garoto americano de vinte e poucos anos que Jim Morrison era seu tio. Pelo contrário, aquilo qualificava ainda mais aquela viagem. Imagina quantas vezes Diego contaria essa história para os amigos em rodas de bar.

Obviamente, todos na mesa bombardearam o rapaz de perguntas. Apesar de um tanto constrangido, Diego percebeu que o garoto demonstrava estar bastante seguro respondendo às curiosidades alheias. Engraçado pensar que o grupo de amigos era formado por ele, Diego, dois franceses, um japonês, um americano e um italiano e, todos, apesar das diferenças culturais e distâncias geográficas, sabiam muito sobre o The Doors. O sobrinho inusitado de Jim Morrison falou que não o conheceu, mas que o pai contava sobre a rebeldia do irmão mais jovem e da difícil relação familiar por conta dessa característica vista pela família como um problema. James Douglas Morrison era filho do almirante da marinha americana, George Stephen Morrison, um homem extremamente conservador e rigoroso, contra quem o jovem artista se rebelou desde cedo. Assim como Janis Joplin e Jimi Hendrix, também Jim morreu muito jovem, de overdose, aos 27 anos. Foi encontrado morto numa banheira, em Paris, cidade onde permaneceu enterrado no famoso cemitério Père-Lachaise. No dia seguinte, o sobrinho iria para a capital visitar o túmulo, que é constantemente pichado por jovens de todo o mundo que peregrinam para lá a fim de prestar homenagens ao músico e poeta e deixar presentes como cigarros, passagens de metrô, cartas, bilhetes e, claro, garrafas de uísque. Diego achou engraçado estar ouvindo Doors naquele momento, quando justamente atravessava um deserto. Isso porque, uma das principais lendas que envolvem o jovem artista americano é um suposto acidente que ocorrera com ele, quando criança, com apenas 4 anos de idade. Segundo o próprio Jim, ele, os pais e os avós viajavam pelo Novo México quando sofreram um acidente – colidiram com um caminhão que servia de transporte para os índios que viviam por lá. No acidente, alguns nativos vieram a falecer, e o menino, preso dentro do carro capotado, teria presenciado o desligamento das almas daqueles índios de seus corpos. Segundo os pais de Jim, e do jovem sobrinho que ali estava em frente a Diego naquele bar em Cannes, aquele acidente nunca ocorrera. Jim, no entanto, jurava de pés juntos que os pais mentiram para ele, pois viram o quanto a experiência o havia chocado e, por isso, tentaram acalmá-lo dizendo que tudo não passava de um pesadelo. Sonho ou realidade, o fato influenciou muito a música lisérgica do The Doors e é umas das sequências mais impressionantes do filme de Stone, idolatrado por toda uma geração que transitava pelos bares da Osvaldo Aranha, no Bom Fim.

O pensamento de Diego levou-o de Porto Alegre, na sua adolescência, para Campo Grande, onde viu, anos depois, o filme *Diários de motocicleta*, de Walter Salles. Baseado nas memórias escritas do futuro revolucionário que, com Fidel e Raul Castro, Camilo Cienfuegos e outros, faria a Revolução Cubana. O filme narra a história da viagem de motocicleta de Che Guevara e seu amigo Alberto Granado pela América Latina realizada em 1952. Há uma passagem do filme, quando o jovem Guevara, então com apenas 23 anos, se dá conta de que o continente americano é constituído por um único povo, desde a Patagônia até o sul dos Estados Unidos. "Agora, estou viajando por parte desse mesmo continente, mergulhando nas entranhas profundas da Argentina, país onde nasceu Guevara, e vivendo na carne esse sentimento de pertencimento àquele território. No final, os índios do Novo México, que Morrison tanto homenageava, tem muito a ver com os Astecas, Maias, Incas, Charruas, Tehuelches e tantas outras tribos que se espalharam pelas planícies, montanhas e desertos do continente americano", pensou Diego. Com esses pensamentos, sentiu vontade de passar a vida viajando pela América do Sul. Conhecer todos os países, cada povo, cada cultura desse continente tão belo, vasto e, apesar de mais de quinhentos anos de exploração, ainda bastante desconhecido. Refletiu que a América do Sul é um continente que dá as costas a si mesmo. Mira sempre para os oceanos, Atlântico e Pacífico, de olho no estrangeiro que chegará carregado de espelhos e panelas a fim de trocar por nossas riquezas. O interior da América do Sul, salvo algumas raras exceções pontuais, é essencialmente despovoado e, portanto, as fronteiras entre a América colonizada por portugueses, ou seja, o Brasil, e o resto da América colonizada por espanhóis, praticamente não se encontram. E, quando se encontram, produz cidades dominadas pelo contrabando, tráfico de drogas, terras sem lei. Então, Diego concluiu que o seu estado natal era o exato ponto onde essas duas Américas se integravam de fato e em paz. Tendo pertencido tanto à Espanha quanto Portugal, o hoje Rio Grande do Sul divide-se sempre num sentimento ora de brasilidade, ora de platinidade, conforme o momento pedir. E, sim, carrega em si uma espécie de maldição, a qual o faz estar sempre em cima de uma corda bamba, equilibrando-se entre dois mundos. O frio e o calor, Portugal e Espanha, Brasil e Argentina, direita e esquerda, Grêmio e Inter. Diego avalia que isso ocorre porque o Rio Grande do Sul, imerso em seu egoísmo conservador, não se deu conta de que o mais interessante é, justamente, ser o ponto de encontro desta vasta América do Sul. Não é preciso que Porto Alegre seja Buenos Aires, nem que seja Rio de Janeiro. Porto Alegre é Porto Alegre e basta. É uma cidade múltipla, formada por europeus, latino-americanos, índios, negros, asiáticos e está no centro de toda essa cultura que transita entre os oceanos Atlântico e Pacífico. E isso já é muito. Por tudo isso, Porto Alegre é única. Apenas é preciso cuidá-la melhor e preservar, nela, justamente essas características que a fazem ser uma cidade ímpar em toda a América Latina. A capital de um estado que poderia até falar o portunhol, traduzindo, assim, num dialeto local, a sua condição de território-símbolo de um sonho até hoje não realizado, a integração latino-americana. Isso metaforicamente, mas também literalmente, devido à fronteira seca entre Brasil e Uruguai, onde, em pouco mais de dez passos, o Brasil encontra a América Latina na sua plenitude. Diego sabia disso, pois já havia viajado para o Uruguai que, segundo ele, parecia uma Cuba sul-americana – embora para o país caribenho nunca tivesse ido – com seus carros antigos, lojas congeladas no tempo e esquinas em suspense dramático.

– Que país maravilhoso, o Uruguai – comentou em voz alta.

Fazia muito tempo que não ia para Montevidéu, mas um amigo lhe contou, recentemente, que depois da legalização da maconha, as ruas da capital uruguaia exalavam um aroma inusitado de erva – fumada – com carne assada. Tá aí uma sensação única e exclusiva do Uruguai. Infelizmente, apesar da proximidade e, de certa forma, até semelhança entre Porto Alegre e Montevidéu, Rio Grande do Sul e Uruguai, o sul do Brasil é muito mais conservador que os Hermanos, e isso inviabiliza qualquer proposta mais inovadora. Faz com que os jovens talentos optem por sair do estado para tentar a sorte em São Paulo, Rio ou, até, fora do Brasil. Ele mesmo, para seguir com sua carreira de ator, precisou retomar contatos no Rio de Janeiro. É esse mesmo conservadorismo radical que faz com que, naquele momento, um candidato xenófobo, machista, misógino, racista, que está à frente nas pesquisas de intenção de votos para Presidência do Brasil, encontre, no Rio Grande do Sul, seus eleitores mais fervorosos. Isso não lhe surpreende, bem sabia ele da força do racismo que está arraigado à cultura do gaúcho. Uma cultura, aliás, construída e definida entre quatro paredes, por notáveis, que conseguiram retirar do gaúcho do campo todas as características que o definia como um homem transgressor, contrabandista e contestador para transformá-lo nesse almofadinha, que veste bombacha de alfaiate e monta em cavalo enfeitado para desfilar na Semana Farroupilha. Outra grande mentira. Não lhe surpreende nada que esse gaúcho, desenhado sob encomenda pelo homem branco, europeizado, acabe por votar na extrema direita. Um movimento ultradireitista muito perigoso, que está tomando conta do Atlântico. Começou nos Estados Unidos, depois o Brexit, no Reino Unido. A França passou perto, com Marie Le Pen, assim como a Itália e a Espanha. Que momento delicado está vivendo o Brasil, prestes a cair nessa armadilha. Se, para países estruturados como Estados Unidos e Inglaterra, essa extrema direita está fazendo um mal sem precedentes, imagina para a América Latina, que sempre esteve subjugada aos europeus e americanos e, portanto, conta com instituições democráticas ainda bastante frágeis. As eleições seriam logo mais. Ele não votaria, pois estava viajando, mas sabia o quanto aquilo amedrontava seus amigos e conhecidos. Nas redes sociais, aconteceu uma enxurrada de *fake news*, e o maior país da América do Sul estava prestes a sucumbir a esse destino que poderia ser trágico. Concluiu que o mundo, talvez como nunca, esteja presenciando um dos períodos históricos mais obscuros de todos os tempos. França, Itália, Inglaterra, Estados Unidos, Brasil, Espanha, todos países importantes que estão sendo governados – ou em vias de serem governados – por políticos medíocres. Riu sozinho ao constatar que um Papa, o Papa argentino, seria o líder mais sensato naquele momento. Logo um Papa. O que pode ser pior que isso para a humanidade? Um vírus ou uma bactéria extremamente letais, disseminados pelo mundo tal qual ocorreu com a Peste Bubônica? Diego riu alto e complementou sua fantasia:

– Uma pandemia, bem capaz!

Toda essa reflexão fez com que Diego tivesse vontade de nunca mais voltar ao Brasil. Mais do que isso, poderia aproveitar que estava na estrada e mergulhar fundo nas entranhas do seu continente. Lembrou-se do verso de uma música de uma banda de rap de Porto Rico que dizia "soy América Latina, un Pueblo sin piernas, pero que camina" e concluiu que precisaria fazer isso. Largar tudo e caminhar sem lenço e sem documento desde o fim do mundo até o Caribe. Teve vontade de explorar os Andes, de voltar a viajar pelo deserto do Atacama, no Chile. De escalar o Aconcágua, a montanha mais alta do mundo fora da Ásia, com seus imponentes 6.961 metros de altitude, de conhecer a Bolívia e mergulhar nos rios que, um dia, serviram de caminho para que os espanhóis escoassem toneladas de prata para a Europa. Lembrou-se dessa prata toda que, hoje, reluz e é admirada por turistas de todo o mundo nas catedrais católicas de Madri. Decidiu que era preciso comprar livros sobre a história da Patagônia, para saber mais sobre seus primeiros habitantes. Não iria fazer como os espanhóis que, no seu tempo, nem se deram ao trabalho de descobrir a região. Não é por acaso que a Patagônia segue, ainda hoje, praticamente desabitada. Ok, o clima extremamente hostil também conta. Mas, na época, havia tanto a roubar nas montanhas do Peru, da Bolívia e Colômbia que abaixo de Buenos Aires nada mais interessava aos espanhóis. Não fossem os ingleses, escoceses e, mais recentemente, os alemães – muitos ex-nazistas que fugiram da Europa no pós-Guerra, veja bem –, os quais se sentiam muito à vontade naquele clima de chuva, frio, vento e neve, a

Argentina seguiria isolada da própria Argentina. Achou engraçada a relação que fez entre a música do The Doors e os exploradores no sul da América do Sul e a tese recém-formulada de que o Rio Grande do Sul seria o lugar onde a Espanha e Portugal se encontram. Recordou-se do livro de Eduardo Galeano, *As veias abertas da América Latina*, e quanto este o impressionara. Foi por causa desse clássico do escritor uruguaio que tomou consciência sobre o quanto a América Latina, toda, foi explorada constantemente desde que o primeiro europeu aqui pisou suas botas sujas de merda e sangue. Certamente, foi a leitura desse livro – presenteado a ele pela mãe da namorada *punk* pero no tanto, se lembram? – que o fez decidir cursar História. Era impressionante – e revoltante – descobrir, pelos olhos de Galeano, que a quantidade de ouro e prata retirada desse continente e enviada à Europa – não apenas Espanha e Portugal, importante destacar, mas também Holanda, Alemanha, Bélgica e, sobretudo, França e Inglaterra – foi tamanha que, com essa riqueza, a Europa praticamente saiu da Idade Média para a Revolução Industrial em pouco mais de 100 anos. Foi tanto tesouro injetado na economia europeia a partir do saque latino-americano, realizado por meio de uma política econômica baseada no escravagismo, que permitiu que na Europa se instaurassem as bases do que viria a ser o capitalismo. Esse sistema, hoje, está às portas do seu fim eminente e busca sobreviver espremendo o resto do que ainda sobrou do sangue latino-americano. Diego conclui – e eu sou obrigado a concordar com ele – que a América Latina é, juntamente com a África, o FMI europeu. Fomos, e ainda somos nós, que permitimos aos europeus e americanos o estilo de vida que eles, hoje, nos vendem como ideal. Fácil se dizer civilizado quando, para garantir essa civilidade toda, foi preciso exterminar milhares de vidas humanas. E o que nós, latino-americanos e africanos, recebemos em troca? Eu pergunto e Galeano responde. Segundo ele, apenas para dar um exemplo, a quantidade de prata retirada de Potosí, na Bolívia, foi suficiente para construir uma hipotética ponte sobre o oceano, desde as minas, nos Andes, até o palácio real de Sevilha, na Espanha. Apesar disso, Potosí, umas das cidades mais ricas da colonização, foi transformada em uma das mais podres da América Latina. Depois de ter financiado o enriquecimento europeu ao custo de milhares de vidas de nativos obrigados a trabalharem nas minas de prata, hoje a Bolívia é um dos países mais pobres do mundo. A sua população original foi radical e dramaticamente reduzida ao custo do trabalho escravo. A utilização do mercúrio na mineração, associada aos gases tóxicos que vertiam da terra, provocavam a queda do cabelo e dos dentes dos índios. Os padres humanistas – vejam bem, humanistas – afirmavam que os índios mereciam esse sofrimento e deveriam ser assim tratados pelos espanhóis, pois eram seres sem alma, pecadores, que idolatravam demônios e, portanto, ofendiam a Deus. Argumento repetido constante e reiteradamente, ao longo dos séculos, para justificar o tráfico de mais de onze milhões de vidas humanas da África para as Américas. Destas, quase a metade, cinco milhões de africanos, acabaram nas plantações de cana-de-açúcar, nas minas de ouro e diamante, nas plantações de café e cacau e nas charqueadas do Brasil. Um negócio extremamente lucrativo, para os europeus, que souberam muito bem como tirar o máximo rendimento desse *trade* transoceânico em que apenas eles lucravam.

Da África, arrancaram a ferro e fogo a mão de obra escrava que seria vendida na América. Lucro para os europeus. Ao custo dessas vidas africanas, os diamantes e o ouro, mas também açúcar, cacau, borracha, café, fumo, tudo que valesse a pena era explorado e exportado para a Europa. Lucro novamente. E novamente apenas para europeus. Em contrapartida, seguiram nos empurrando – como quando chegaram aqui pela primeira vez – espelhos, panelas e todo o tipo de quinquilharia manufaturados nas fábricas inglesas, francesas e alemãs, pois, claro, tínhamos que reproduzir, na colônia, a vida e os hábitos do Velho Mundo dito civilizado. Mais uma vez, lucro europeu. Nesses quinhentos anos de comércio, os povos latino-americanos – e africanos – nunca lucraram. E assim seguimos até hoje quando, para eles, vendemos *commodities*, produzidas aqui, com trabalho forçado – para não dizer escravo – e deles compramos produtos com valor agregado. Não satisfeitos, europeus e americanos – do norte – influenciaram e influenciam a política dos nossos países. Já promoveram golpes, incentivaram ditaduras, compraram e compram empresas estatais a preço de banana, subornaram políticos corruptos e inviabilizam toda e qualquer proposta de um projeto nacionalista que possa, finalmente, nos libertar dessa exploração secular. Aos poucos, estão aniquilando nossa cultura. Se houvesse justiça no mundo, pararíamos tudo agora, com um grande ponto final, para ouvirmos da Europa e dos Estados Unidos um estrondoso pedido de desculpas...

(Pausa e silêncio para escutar o pedido de desculpas.)

Mas não, podemos esperar sentados e o mais bem acomodados possível, pois nem esse pedido, muito menos o devido ressarcimento monetário, por todo o saque realizado em nossos países ao longo de todos esses séculos, virá para fazer justiça aos nossos povos. Tanto aqui, na América Latina, como na África, isso seria o mínimo da decência para podermos dar um *restart* na história e seguirmos a nossa marcha sobre a Terra.

Infelizmente, a humanidade é um projeto falido e, por conta do *profit*, ao invés de reparar todo o mal causado a milhões de pessoas nesses dois continentes, os países do hemisfério norte, agora acompanhados pela China, seguem com o seu projeto de exploração de tudo o que ainda restou por aqui, desde a Amazônia até a água potável que corre sob os nossos pés. E assim vai ser até a última gota de vida humana sobre a Terra. Obviamente, os primeiros a morrerem e aqueles que mais sofrerão as dores dessa hecatombe climática e social serão, novamente, os países mais pobres, e estes sempre estarão na América do Sul e na África. Toda essa digressão fez mal a Diego. Nervoso, e sentindo o braço dormente, decidiu parar o carro e respirar um pouco de ar puro. Saiu do carro, pegou seu famigerado Marlboro vermelho e o acendeu. Enquanto fumava, olhava para a imensidão da Patagônia e sentiu uma tristeza profunda. Teve vontade de chorar. Pensou na vida de todos aqueles nativos, negros, imigrantes e pobres de toda espécie os quais, ainda hoje, seguem oprimidos por um sistema social extremamente injusto. Fez força para chorar. Quis chorar. Por eles todos. Até sentiu os olhos marejarem. Mas nada aconteceu. Nenhuma gota de lágrima brotou dos seus olhos azuis. Por mais que tivesse empatia por todos eles, por mais que amasse o continente latino-americano, por mais que quisesse sentir essa dor para, quem sabe assim, ajudá-los a suportar o peso de toda essa injustiça, sua condição privilegiada não lhe permitia, ainda, compartilhar do mesmo sentimento. Então, de cara consigo, jogou a bituca do cigarro no chão, pisou nela para apagá-la, entrou no carro e seguiu viagem, desconsiderando que a dormência no braço permanecia. Encheu o saco também com isso. Encheu o saco também da sua solidão. E foda-se a morte. Foda-se tudo.

Diego se sentia um permanente elo perdido. Um brasileiro, mais do que isso, um sul-brasileiro, periférico no desenho geográfico do planeta e do próprio país. Nascido no Rio Grande do Sul, passou boa parte da sua vida numa fazenda no interior do Mato Grosso do Sul. Era mesmo muito diferente do estereótipo brasileiro construído a partir dos elementos culturais do Centro e do nordeste do país. Em tudo, para aquilo que considerava bom, mas também para aquilo que considerava ruim. Concluiu que isso o permitia refletir melhor sobre quem ele é de fato. Quando morava no Rio de Janeiro, nunca se sentiu completamente pertencente àquela cultura essencialmente brasileira. Para ele, o Rio de Janeiro era a síntese do Brasil. Se o Rio Grande do Sul era um estado racista, machista e conservador na sua essência, o Rio de Janeiro era o lugar da arrogância nacional, onde o colonialismo se fazia perceber em cada esquina. O que poderia ser mais colonial, cafona, *out of date*, que uma nobreza tupiniquim que vestia veludos abaixo da linha do Equador? Até isso o Rio foi, capital de um império decadente, para onde fugiu a corte portuguesa ao primeiro sinal de uma possível perda dos seus privilégios. Em nome disso, tal qual ratos pestilentos, abandonaram Lisboa e vieram para o cu do mundo para, aqui, seguirem mantendo as aparências de uma nobreza europeia falida. E foi só a coisa melhorar por lá que eles voltaram correndo. Náufragos, traficantes e degredados, sejam eles plebeus ou nobres, são os fundadores desse país. "Não tem jeito mesmo" – pensou Diego. E isso fica claro para ele toda vez que vai para o Rio. Assim como fica claro que uma transformação, para melhor, nunca acontecerá no Brasil. Pelo menos, por ele não será presenciada, nem por seus filhos, caso um dia os tenha. Ainda há muito o que afundar e chafurdar na lama antes que esse país se transforme em um lugar mais justo, honesto e civilizado. Concluiu que antes de qualquer transformação, o próprio conceito de civilização precisaria ser discutido. Lembrou-se da última Copa do Mundo, quando o principal craque brasileiro passou boa parte dos jogos tentando fraudar faltas inexistentes. Virou piada internacional e símbolo do antifutebol. Afinal, quem defenderia um esportista que tenta, com mentira e encenação, tirar vantagem sobre os demais colegas de profissão? "Um corrupto" – concluiu Diego. Para ele, a atitude do jogador refletia o próprio Brasil. Não por acaso esse jogador, nitidamente um herdeiro do DNA africano, se dizia branco. Não por acaso apoiou o golpe de 2016. Também não por acaso apoia o candidato a presidente que estava a ponto de ser eleito na base da mentira e do ódio de classe. O politicamente correto saía de moda, e o que o amedrontava era, justamente, o discurso fascista que esse candidato vociferava nas mídias tradicionais e pelas redes sociais. Falar abertamente sobre a volta da ditadura militar, afirmar que era preciso dar um golpe, matar mais de trinta mil civis, exaltar o torturador mais notório do período mais triste da história recente do Brasil, tudo isso lhe parecia assustador demais, pois uma parte significativa da população, ao contrário de rechaçar tais pronunciamentos, o apoiava ainda mais, gritava seu nome e o definia como "mito". Dentre tantos, o nosso "craque" da Seleção Brasileira. Foi então quando Diego se deu conta de que, mesmo que não vencesse as eleições, o espaço midiático que esse cara estava tendo para reproduzir seu discurso de ódio já era suficientemente danoso para uma democracia tão frágil como o Brasil.

– Que merda! Que merda! – gritou, sem saber se exclamava pelo Brasil ou por ter sentido seu braço dormente outra vez.

Estava chegando a San Juan. A cidade irmã, ou seria melhor chamá-la de prima – pobre – de Mendoza, que é um oásis no deserto. Assim como a sua vizinha mais famosa, San Juan também é cortada por avenidas largas e planejadas, bem como plátanos que cobrem as calles com sua sombra de bom gosto para uma cidade construída em meio ao deserto. Perto dali havia um local de peregrinação erguido em nome da tal Difunta Correa. Segundo a lenda, Correa era mulher de um soldado argentino que marchava com a tropa pela região. Essa mulher carregava a filha nos braços e morreu, desnutrida e sedenta. Ela foi deixada lá, abraçada à sua filha também morta. Mas, para surpresa de quem as encontrou dias depois, a criança estava viva, sobreviveu mamando nas tetas da mãe morta, se alimentando do leite da defunta. Para chegar a San Juan se passa por esse lugar, onde fica claro que o grande milagre da Difunda Correa foi mobilizar as pessoas que, ao longo dos anos, construíram aquela verdadeira cidade no meio do deserto. A quantidade de churrasqueiras – parrillas, já que estamos na Argentina – é tamanha que em dias de procissão e festa parece que o deserto está, literalmente, pegando fogo. Os argentinos mais exaltados dizem que é tanta fumaça que a parrillada pode ser vista do espaço pela NASA.

Diego precisou dar um tempo às suas reflexões para se concentrar na tarefa de estacionar sua caminhonete, entrar num hotel de esquina, que lhe pareceu bastante aconchegante, e perguntar por um quarto. Quando o recepcionista – também proprietário e, quem sabe, até cozinheiro do hotel – abriu a porta do quarto, ele foi inundado por uma luz amarelada que entrava pela janela, filtrada pelas folhas de plátano e o cheiro de mofo, denunciando que havia semanas, talvez meses, que ninguém abria aquele lugar. "Tudo bem, estava exagerando" – pensou Diego, deixando escapar um sorriso seguido pelo seu "gracias" ao senhor que lhe entregava as chaves em mãos. Diego trancou o quarto, jogou sua mochila sobre a cama, abriu completamente a outra janela. O som da rua invadiu o lugar, tanto quanto a luz que banhou com ainda mais intensidade aqueles móveis antigos e o tapete já gasto pelo tempo e uso. Olhou para o chão e imaginou que aquele carpete serviu aos mais diversos passos, dos mais variados viajantes os quais, ali, devem ter arrastado suas botas, chinelos, tênis, saltos e alpargatas. Diego tomou um banho, trocou a roupa que estava usando há dias por algo limpo. Escolheu uma camiseta preta, seguida do mesmo blusão. Manteve ainda o mesmo – e único – cachecol encardido e a jaqueta de couro. Mas trocou a calça jeans por uma limpa. Calçou os coturnos, se olhou no espelho, penteou os cabelos com as mãos e desceu, carregando as roupas sujas.

Na recepção pediu pelo serviço de lavanderia – haveria? – e por uma indicação de uma parrilla onde jantar. Estava há dias querendo comer bem. Uma vez na Argentina, isso significava uma carne suculenta, malpassada, assada sobre uma grelha sebosa de tanta gordura queimada ao longo dos anos, acompanhada de uma garrafa de um bom Malbec e algumas papas para acompanhar. A dica encaminhou Diego para um dos restaurantes mais tradicionais de San Juan. Veja bem, não estou falando de um restaurante sofisticado, e sim daqueles tradicionais, que passaram por duas ou três gerações da mesma família, onde é possível comer bem, pagando relativamente pouco, enquanto se admira antigos retratos de velhos amigos e frequentadores do estabelecimento pendurados nas paredes emboloradas do salão principal. O que chamou a atenção de Diego, por outro lado, não foram apenas os velhos quadros nas paredes, mas, sim, os velhos vivos e bastante borrachos sentados duas mesas à sua frente. Eram cinco senhores que vestiam ternos, já um tanto surrados, o que combinava muito com a atmosfera do local, mas que nem por isso diminuíam a elegância que se refletia, também, no porte à mesa. Mesmo que comessem pão e pequenos pedaços de carne e chorizo com as mãos, o que poderia, de certa forma, desmentir este narrador que lhes assegurou uma elegância quase nobre àqueles senhores. Nada disso. O primitivo ato de comer com as mãos, sem cerimônia, na verdade, lhes conferia uma espécie de segurança à mesa. Como se comer assim, sem tenedores, cuchillos e cucharas, da forma natural como o faziam, fosse apenas permitido àqueles seres humanos tão seguros de si que não precisavam disfarçar aparências com talheres e posturas socialmente aceitas. Comiam e bebiam vinho em taças tão limpas que não pareciam erguidas por homens que engorduravam suas mãos e beiços com nacos de carne e linguiça. E, enquanto isso, cantavam, contavam causos e riam, alegrando, também, os demais clientes distribuídos pelas demais mesas do lugar. Embora poucos, ao que tudo indicava, também fiéis ao estabelecimento.

Ao ser atendido, Diego pediu molleja, pan y vino tinto. Enquanto bebia, ainda de estômago vazio, curtia aquela cena que lhe recordava algum clássico do cinema italiano. Imaginou as vidas daqueles homens já com seus setenta e poucos, oitenta anos de idade. O que teriam feito ao longo de todo aquele tempo de vida? Quando casaram? Quantos filhos? Quantas perdas? Pensou que se vivesse até a idade deles, teria sobrevivido mais tempo sozinho no mundo do que na companhia dos seus pais. Então, lembrou-se do velório da mãe. O corpo no caixão, inerte, pálido. E suas mãos acariciando a testa dela com um amor que, talvez, nunca tivesse sentido ou, ao menos, expressado. Como num filme, reconstruiu os detalhes daquele dia que começou quando levantou, de madrugada, para atender ao telefone o qual tocava por um motivo que ele já conhecia de antemão. O pai dormia pesado, embalado pelos remédios. Foi a única forma de dar ao velho, de 93 anos, um pouco de tranquilidade para que ele conseguisse descansar depois de receber a notícia de que a morte da companheira de mais de quarenta anos era irreversível. Diego se questionou sobre o que teria passado pela cabeça do pai naquela noite, enquanto, deitado, esperava pelo amortizador efeito dos tranquilizantes. Lembrou-se do momento quando contou a ele, com as lágrimas escorrendo sobre o rosto maldormido já há mais de quinze dias, que toda a luta da mãe havia sido em vão. Ela ia morrer. Era inevitável e era apenas uma questão de horas. E percebeu o olhar azul-claro do pai perdido, como de uma criança assustada. Criança esta que ele também havia sido tantos outros momentos quando, sozinho, segurou toda a barra e acompanhou, dia a dia, o processo que culminou na morte da mãe. Lembrou-se do pai, com aquele mesmo olhar assustado, proferir aquela frase curta, covarde e corajosa ao mesmo tempo, que soou – e ecoou – como uma promessa a ser cumprida.

– Eu também vou morrer – lhe disse, enquanto folheava o jornal de forma automática. Então se levantou, fechou aquele semanário com notícias da cidade e foi para o quarto se deitar. Diego foi com ele, se deitou ao lado do pai e, sem falar nada, apenas pegou na mão calejada daquele homem. Lá permaneceram horas, sem nada falar, de mãos dadas, olhando para o teto. O pai no lado dele da cama, Diego no lugar que foi usado pela mãe durante tantos anos. E se deu por conta que essa foi a primeira vez que estivera tão íntimo do próprio pai.

Era uma noite de março, estava quente na fazenda, quando ligou as luzes de parte da casa, com o cuidado de não acordar o velho, saiu e caminhou até a casa vizinha, construída no mesmo terreno, a poucos passos da sua. Bateu na janela e acordou Ângela, pedindo para ela ficar com o velho. Precisava ir até o hospital registrar o óbito da mãe e organizar o velório. Quantas vezes, ao longo da vida, temeu aquele momento. Os pais o tiveram tarde, o irmão já era relativamente crescido. Viveu acompanhando a velhice dos dois. Não importava o quanto acelerasse seu próprio crescimento, os pais sempre estavam adiantados a ele. Foi percebendo as rugas aumentando, os cabelos brancos aparecendo, que o pai adiou o quanto pôde usando o famoso Grecin 2000 todos os sábados de manhã, em frente ao espelho do banheiro. Os corpos menos ágeis nos afazeres cotidianos denunciavam o inevitável. Quantas vezes, ao longo da adolescência, temeu voltar para casa, de noite, após as longas festas típicas da idade, e encontrar o pai sem respirar. Só conseguia dormir em paz depois de ir, pé ante pé, silenciosamente, até a porta do quarto dos pais, parar em silêncio e escutar a respiração dos dois. Principalmente dele, pois se a mãe estava também já com sua idade avançada, era o pai que temia perder primeiro, uma vez que ele tinha quase vinte anos a mais que a esposa. E quantas vezes, nas suas fantasias mais assustadoras, temeu que chegasse o dia quando teria que velá-lo. Isso piorou bastante depois que um amigo perdeu o seu pai. Lembrou-se do velório. O amigo e a família ao redor do caixão, a mãe chorando. E chegou a sentir a dor que sentira ao ver todos arrasados com a partida do Seu Afrânio, um jovem senhor de 55 anos. Diego tinha 14 anos. O seu pai, mesmo sendo o mais velho de todos os amigos, resistiu firme até ali. Infelizmente, não resistiria mais, Diego sabia disso. "Eu vou morrer também", a profética frase do velho ecoava na sua cabeça deitada sobre o travesseiro que pertenceu à sua mãe. No entanto, sempre que pensava no velório do pai, pensava nos detalhes das cenas daquele que poderia ser um dos piores dias da sua vida. Ele segurando a mãe, confortando-a. O irmão mais velho próximo, como um farol, seguro, a iluminar o caminho que seria seguido a partir de então.

Foi enquanto entrava no seu carro, no escuro da noite, que concluiu – de nada adiantou tudo aquilo. O pai, que todos pensavam que iria antes, ali estava, dormindo, sem saber que o filho pegava a estrada para a cidade, sozinho – sempre sozinho – para encontrar a mãe morta sobre o leito do hospital. Os aparelhos da UTI agora desligados, a roupa de cama já dobrada, a mãe deitada, seu corpo ainda morno, aguardando apenas por uma assinatura que a liberasse daquele lugar que tanto odiou. Como sofrera, impedida até de tomar água. E o pior de tudo, de nada adiantou todo sacrifício – sussurrou Diego no ouvido da mãe – complementando que logo a libertaria para sempre. Foi assinando a burocracia dos papéis que Diego pensou na injustiça daquilo tudo também para com o pai. Coitado, tanto sofreu na vida e, agora, como um último teste de sobrevivência, vai acordar, logo mais, com o filho dizendo que está na hora de ir ao cemitério enterrar a esposa. E, então, aquele senhor levantará com a certeza de que irá rever a sua companheira pela última vez, mas nunca mais ouvirá sua voz, experimentará sua comida, receberá seu afeto e o seu cuidado. Como todas as manhãs, também naquele dia colocará sua calça, enfiará o relógio de bolso no menor de todos, costurado especialmente para receber aquele objeto inventado para marcar o nosso tempo sobre a Terra. Tempo. No seu tempo, caminhará até o banheiro, tirará os óculos, lavará o rosto. Seguirá para a cozinha, onde o filho o esperará com o café da manhã. Talvez com um último pedaço do pão feito pela esposa, antes de ser internada, que o filho encontrou congelado. Todo aquele ritual que o velho se acostumou a fazer com a esposa já acordada, agora fará para enterrá-la. Diego pensa que de nada adiantou se preocupar tanto, imaginar tanto, sofrer tanto. Toda essa dor e angústia por antecipação. Quando o dia finalmente chegou, foi um tapa de luvas divino. Suspirou e se consolou com o fato de que, ao menos a mãe, não precisaria enterrar um filho. Pois, dentre os inúmeros medos de Diego, esse o assolava frequentemente. Não poderia, nunca, provocar tamanha dor aos pais. Como se a decisão da sua própria morte – ou do irmão – estivesse em suas mãos e, caso morressem num assalto, num acidente de trânsito, ou de uma doença fulminante, a escolha tivesse sido dele.

– Que eu os enterre antes – falou alto, já dentro do carro.

Acendeu os faróis, bateu o arranque, deu ré, tudo como sempre fazia ao sair de casa, de carro, seja para ir para a faculdade, sair de férias, ir até um bar encontrar os amigos, buscar alguma namorada em casa para jantar. Tudo igual, com o detalhe de que, agora, estava saindo de casa, às três horas da manhã, para buscar a mãe pela última vez, escolher uma funerária, separar uma roupa, decidir um caixão e o padrão do funeral. Voltar para casa, acordar o pai e dizer que a hora havia chegado. Ligar para parentes e amigos e avisar sobre o velório. Pensou tudo isso e sentiu pena de si. Muita pena. Mas não chorou. Nem naquele momento, enquanto dirigia para o hospital. Nem depois, ao regressar de lá com tudo já organizado. Nem durante todo o funeral, quando precisou reunir todas as suas forças para se preocupar mais com o velho do que com a própria dor. Quis ter seu irmão por perto, pois pensou que seria a única pessoa no mundo que poderia sentir a mesma dor que ele. Não haveria esposa, amigo, tio ou tia, ninguém conheceria aquela dor e seria seu cúmplice, além de um irmão. Mas onde estava ele? Pensou no irmão, enquanto acariciou, pela última vez, o rosto da mãe, antes de fecharem o caixão.

Foi quando aqueles cinco senhores de terno e gravata o resgataram do passado, chamando-o para se sentar com eles. Abriu os olhos e percebeu a contradição na alegria daqueles homens que poderiam ser seu pai, e a tristeza que havia acabado de invadir seu coração, deixando o peito apertado e a visão ofuscada pelas lágrimas. Percebeu isso e, então, secou os olhos com as costas das mãos, como fazia quando criança. Sorriu para os cinco homens, cada um de uma forma diferente, variando entre uma aparente cumplicidade com o estado que Diego imaginava estar sendo percebido naquele momento, passando por uma alegria confortadora, chegando até uma certa desconfiança expressa pelo olhar silencioso de alguns deles. Seja lá como for, teve certeza de que perceberam que ele estava longe no tempo e no espaço, triste e sozinho, e foi por isso que pararam com as bromas para lhe resgatar de volta à alegria que aquela noite pedia. Foi quando a comida de Diego estava chegando pelas mãos do garçom que um dos velhos pediu ao mal-humorado atendente que deixasse o prato de molleja y pan na mesa deles. Enquanto isso, ao mesmo tempo, outro daqueles mosqueteiros

– como seriam apelidados por Diego logo mais – já o levantava e o conduzia para a mesa da terceira idade, onde, outro ainda, com uma energia jovial, puxava uma cadeira da mesa ao lado para acomodar o jovem brasileiro.

– Brasileño – perguntou o quarto mosqueteiro?

– Si – respondeu Diego.

– Saudades de casa? – perguntou outro, em português, com um sotaque forte.

– Saudades do pão – respondeu Diego, enquanto pegava, com as mãos, o pão assado que pedira ao garçom.

– Pan?

– Si, del pan de mi madre.

– Mi joven, acá nosotros todos tenemos "saudadhis" del pan de nuestras madres. Pero, para eso, tenemos el vino que nos hace olvidar. E no más, el pan aqui no es el peor, de verdad.

Diego ouviu aquilo e se sentiu bem, como se estivesse entre amigos com quem podia dividir a mesma dor que sentiu há pouco. No entanto, por conta da quantidade de vinho e a boa companhia, logo a dor se calou. Foi esquecida, conforme lhe disse aquele senhor argentino. O Brasil ficou lá longe, no passado, e não demorou para que todos cantassem e bebessem juntos, embriagados e de barrigas cheias. Não só Diego e aqueles senhores que, agora, eram adolescentes, mas todos os clientes do restaurante, os quais, mesmo depois da meia-noite, seguiam pedindo mais garrafas de bebidas para o velho garçom, que seguia mal-humorado.

Logo chegou a hora quando os comensais começaram a ser expulsos para que o restaurante possa ser fechado. Então, Carlitos, um dos cinco mosqueteiros, mudou o *playlist* das canções e puxou um tango de Gardel, trilha sonora que embalou a caminhada noturna dos mosqueteiros hasta las muchachas. Em uma rua escura, próxima dali, havia uma porta iluminada por luzes amarelas, azuis e vermelhas, ao lado de dois seguranças enormes e mulheres de todos os gostos que convidavam os transeuntes a entrarem naquele mundo de orgias e pecado prometido nos cartazes, também luminosos, fixados à frente do estabelecimento. No caso de Diego, não foi preciso muito convencimento, uma vez que os próprios senhores, dentre os quais, além de Carlitos, proprietário do restaurante, também se encontravam Pedro, pai do prefeito da cidade, Alberto, ex-médico e um dos fundadores da Casa de Saúde de San Juan, Chico, também médico e ex-soldado na Guerra das Malvinas, e que lá ficou surdo de um ouvido por causa da explosão acidental de um morteiro próximo a ele, e, por fim, Salvador, que foi um dos grandes cantores argentinos nas décadas de 1950 e 1960, com muitas músicas gravadas e que, agora, morria aos poucos, fadado ao ostracismo forçado por conta de ter se negado a cantar para a mulher de um general durante a ditadura militar.

– Como puedes ver, mi estimado – disse Salvador, bastante embriagado –, la dictadura se fue, pero la fama no volvió jamás.

Todos os mosqueteiros, mais Dartanham – como os argentinos passaram a chamar Diego –, foram entrando como se estivessem chegando às próprias casas. E Diego, que nem havia se dado conta de como estava bêbado, foi junto, carregado pela sua embriaguez e pela bela voz de Salvador. O que aconteceu lá dentro, eu não vi. Dizem, ninguém viu. E, se alguém viu, se esqueceu. Se você, caro leitor, desejar mesmo saber o que pode ter acontecido lá dentro daquela velha casa, terás que lançar mão da própria imaginação e vislumbrar, criar, elucubrar, sozinho, a interminável festa que seguiu madrugada afora. O fato é que, ao acordar, nem Diego tinha a mínima ideia de onde estava. Pior, também não se lembrava nem o que havia feito na noite anterior, após sair do restaurante.

Gradativamente, ao menos foi se dando conta de que estava nu. Ok. Do banheiro, ouvia o som do chuveiro. Sim. Finalmente, percebeu que estava no seu quarto, no hotel. Ufa. Olhou para o lado e percebeu que, sobre a cadeira, roupas femininas aguardavam por um corpo a vestir. Seria isso algo a comemorar? Então, o chuveiro cessou e, ainda molhada, surgiu uma mulher alta, magra, bonita. Feições indígenas, pele bronzeada, seios fartos e empinados, cabelos negros, lisos e longos. Ficou bastante impressionado com a beleza daquela mulher que, obviamente, não sabia quem era, de onde havia vindo – embora, claro, desconfiasse – e, muito menos, o nome. Mas ali estava ela, em carne e sorrisos. E que sorriso. Então, se deu conta da noite anterior. A cabeça doía, e a luz do sol, que entrava pelas janelas e chegava ao seu rosto, incomodava. Pediu para que ela fechasse as cortinas. Ela o fez. Perguntou quem era ela. Ela respondeu. Perguntou o nome. Ela disse. Perguntou o que ela estava fazendo. Enquanto abotoava a camisa de seda falsa, após um silêncio marcado pelo som da brisa que invadia o quarto através das janelas, fazendo as cortinas dançarem um ballet brega, respondeu que tinha aula na faculdade e estava atrasada. Ainda precisava passar em casa para trocar as roupas da noite, afinal – enfatizou – nadie va a la universidad vestida de puta. Agradeceu, pegou a carteira sobre a cabeceira e, de dentro, tirou uma quantia de dinheiro. Mostrou para Diego como quem diz:

– Estoy sacando la plata que acordamos.

Abaixou-se, beijou o rosto dele, ainda mergulhado no travesseiro de penas, e disse, em portunhol, com forte sotaque castelhano:

– Quando llegues al fin del mundo, enviame una postal contando si vale a pena. Buena suerte con tu irmão.

Saiu batendo a porta, vestida ainda com as roupas que usara na noite anterior. Diego, então, se sentou na cama e pegou, de dentro do bolso da jaqueta jogada no chão, aquela fotografia que ele aparece com o irmão e os pais, tirada com a câmera nova da madrinha. A olhou por um tempo, se esticou para alcançar o telefone, ao lado da cama, e discou o número que estava escrito no postal que Diego carregava junto à fotografia. Esperou. Esperou. Então, desligou. Voltou a dobrar a fotografia e o postal, guardá-los no bolso interno da jaqueta de couro e se levantou em direção ao banheiro. O som da água do chuveiro voltou a preencher o silêncio abafado do quarto.

Já era de tarde quando saiu pelas ruas de San Juan em busca de uma loja onde pudesse comprar os artigos necessários para seguir a viagem. Um saco de dormir, para o intenso frio que passaria a enfrentar a partir dali. Também roupas mais quentes, um terceiro pneu *step* – exagerado? – e um novo galão sobressalente. Num mercadinho próximo ao hotel, comprou bastante água e comida. Estava pronto para seguir. Chegou ao hotel muito cansado e decidiu descansar, no dia seguinte retomaria a viagem solitária até chegar a Bariloche, onde pretendia passar mais um ou dois dias antes de encarar o trecho mais perigoso e isolado da viagem. Queria conhecer Mendoza, mas decidiu que já estava perdendo tempo demais, adiando muito a chegada a Ushuaia, onde, segundo o que acreditava – e informações que tinha – estaria vivendo seu irmão. E, depois, por que conhecer Mendoza se já havia se deliciado com os prazeres da prima pobre, San Juan? Dali até Bariloche seriam mais de doze horas de viagem, estava na hora de seguir adelante. Voltou a pensar no irmão. Tinha dúvidas se, de fato, queria encontrá-lo. Ou como seria esse encontro depois de tantos anos separados. Foi por isso que, em vez de simplesmente comprar uma passagem aérea para Buenos Aires e, de lá, para o fim do mundo, decidiu dirigir rumo ao desconhecido. Assim – acreditava – teria o tempo necessário para mastigar bem a ideia de voltar a ver o irmão que sumiu de casa há quinze anos, depois de brigar com pai e mãe, e nunca mais dar notícias. A única exceção foi aquele postal, já velho, deteriorado pelo tempo e pelo manuseio ansioso da mãe que o pegava, o apertava e, sobre ele, chorou tantas vezes. Apesar dessa angústia materna em não saber do filho, em nenhum momento ela teve coragem de ir ao encontro dele ou, ao menos, enfrentar o marido, pedindo para que ele rompesse o silêncio com o primogênito e o trouxesse de volta. No Brasil, havia algo a fugir, escapar, deixar para trás, se distanciar. Na Argentina, havia algo a encontrar, se aproximar, reaproximar. A lógica da situação dizia que Diego estava certo, quanto mais dirigia para o sul, mais se afastava do seu lar, da sua segurança, da sua comodidade, dos seus privilégios, e mais perto chegava do irmão e de tudo que aquilo poderia significar naquele momento.

– Ele vive no fim do mundo. Longe pra burro – falou alto –, mas é bem a cara daquele teimoso.

Então dormiu cedo e, talvez, pela primeira vez desde muito tempo, teve um sono leve, tranquilo e ininterrupto. Doze horas depois, ao acordar, desceu para tomar café, pagar a conta do hotel, pegar suas roupas limpas e logo estava na rua. Caminhava na direção de onde havia estacionado a caminhonete quando um casal de jovens, com mochilas nas costas, o interpelou. Perguntaram se ele era Diego, o brasileiro. Isso soou entranho, afinal, como saberiam o seu nome? E que era brasileiro? Antes mesmo de Diego responder, o jovem já complementou. Explicou que era sobrinho de Sebastian, o garçom –

mal-humorado – do restaurante de Carlitos, e que estavam indo para Bariloche. Estavam se despedindo do tio quando Carlitos ouviu sobre a viagem e comentou sobre o brasileiro que era um cara legal e estaria pegando a estrada para o sul sozinho. Talvez daria uma carona para eles. Assim, quem sabe, ele também se sentisse menos sozinho, uma vez que estava dirigindo desde o Brasil sem companhia alguma. E numa estratégia verbal bem delineada, o garoto complementou que Carlitos disse que o brasileiro não negaria uma carona para um jovem casal de estudantes. Encurralado, e vindo eles de uma indicação de Carlitos – embora não soubesse se era verdade tudo aquilo e nem ao menos poderia averiguar –, Diego não pôde negar. Carlitos havia sido tão carinhoso e generoso com ele na noite passada que, mesmo contrariado, simplesmente preferiu acreditar na história daqueles jovens e concordou que o casal embarcasse. Mas avisou que estava saindo naquele mesmo instante. Não poderia esperar.

– Nosotros estamos listos – respondeu Andrés, já com as mochilas nas costas.

Andrés, agora já sabia o nome do rapaz e da namorada dele, Clara. Sabia que eram estudantes de Medicina, em crise com a futura profissão, segundo eles, elitizada demais. E que, por isso, haviam trancado a faculdade para acampar em Bariloche, a fim de dar um tempo de tudo aquilo. Ele, um rapaz alto e magro, olhos castanhos e elétricos, sempre a encarar Diego que, por sua vez, não gostava daquele jeito de ser olhado e, portanto, desviava o olhar para a estrada. Andrés falava bastante, perguntava demais e contrastava com a namorada, que era muito quieta. Ela vestia um figurino *hippie*, com uma saia e uma blusa solta, sem sutiã, o que permitia que, conforme a forma como Diego a olhasse, percebesse o desenho e o volume dos seios. Isso deixava Diego constrangido. Não queria que o namorado, nem Clara, percebessem que os seus olhos procuravam aquela imagem. Também não gostava da ideia de parecer um tarado, vidrado no corpo dela. Mas, quase sempre que se virava na direção da moça, o olho, automaticamente, procurava por tal indiscrição. Era inevitável. Era mais forte que ele. Se viu fascinado com a beleza daquela mulher de, aproximadamente, vinte e alguns anos, pele branca, um tanto avermelhada por conta do sol forte, loira, de cabelos lisos e presos por um coque que permitia que alguns fios de cabelo caíssem sobre seus olhos azuis, dando a ela um certo ar de despojamento e rebeldia. Decidiu não olhar mais para ela e se concentrou na Ruta 40, que se descortinava à sua frente em forma de uma reta interminável, sempre acompanhada pelas Cordilheiras, à direita, e a Planície deserta, à esquerda. Mergulhou em seus próprios pensamentos. Regressou ao seu passado e percebeu que aquele jeito de Clara se vestir lembrava muito uma ex-namorada, sueca, com quem mochilou pela Europa há muitos anos. Relembrou, em silêncio mortal, aquela viagem. E se deu conta que esse estilo *hippie*-despojada-quase-chique-mas-não-tanto o atraía. De certa forma, parecia algo recorrente na sua vida. Os cabelos desgrenhados e nada de maquiagem sobre a pele do rosto. Nem mesmo um batom discreto. Aquilo tudo conferia à Clara uma certa liberdade de movimento, ressaltava seu lindo corpo e lhe conferia autenticidade. Nunca gostou das garotas que usavam batom, salto alto, roupas extravagantes. Ao contrário, quanto mais simples, mais elas o atraíam.

O argentino seguia verborrágico. A impressão era que ele nem sabia o que e para quem falava, o importante era movimentar os lábios e emitir sons. A namorada, ao contrário de Andrés, apenas ouvia e observava a paisagem. "É tão bonita que sua beleza preenche os espaços vazios provocados pela ausência das palavras" – pensou Diego. No entanto, gostaria de saber mais sobre aquela chica, caso o namorado calasse a boca um minuto que fosse. Contrariando as expectativas, contudo, o jovem argentino não escutou o suplício mental de Diego e seguiu falando, falando e falando. E quanto mais falava, mais Diego retornava para o seu mundo de fantasia e imaginação. Pisciano, estava habituado aos devaneios cotidianos. Filho único, mesmo não sendo, estava acostumado a mergulhar no seu próprio mundo de fantasias. Aqui não tá bom? Só um pouquinho, vou até ali nos meus devaneios e já volto. Ao se dar conta de que era assim, Diego passou a se conhecer melhor e decidiu aprofundar ainda mais esse autoconhecimento. Foi por isso que procurou um amigo astrólogo, em Campo Grande, e fez seu Mapa Astral. Antes mesmo da leitura do Mapa, já foi se conhecendo melhor. Precisava de algumas informações sobre seu nascimento e foi perguntar para a mãe. Se deu conta, pela primeira vez, que não sabia nada além do dia, mês e ano – pelo menos isso. Então, descobriu que havia nascido às cinco horas da tarde de um 10 de março de 1976, em Porto Alegre, sob uma tempestade de final de verão. "Daquelas tempestades de destelhar casas, arrancar árvores, alagar ruas" – lhe dissera a mãe, complementando, logo a seguir – "mas que, como mágica, após nascer, o céu se abriu e aquela tarde presenciou um pôr do sol único". A mãe relatava com poesia nos olhos a beleza daquele dia. Contava, sempre, que foi um daqueles entardeceres que acontecem somente após uma tempestade tropical, quando a luz do sol é filtrada pelas diversas camadas de nuvens, em inúmeros tons e nuances, o que provoca um efeito visual que contempla toda a paleta de cores. Vai do vermelho intenso ao azul profundo. A mãe – já que o pai de nada disso se lembrava, e fazia questão de reafirmar seu esquecimento, ou insensibilidade – falou que contemplou a beleza daquele momento de paz após tê-lo expelido de dentro do próprio corpo num ato de amor profundo, dor insuportável e encantamento redentor, deitada na cama do quarto, no quinto andar do Hospital Moinhos de Vento, de onde, através da enorme janela de vidro, era possível ver o Rio Guaíba e o sol, que no horizonte se despedia de Porto Alegre e do dia. Fez isso com ele no seu colo, enquanto o marido dormia no sofá ao lado, cansado, exausto, como se tivesse sido dele toda a luta do parto. "Homens" – exclamava a mãe, toda vez que finalizava essa história. Então ria gostoso, tirando uma onda do marido. Diego gostou de ouvir aquela história que, em verdade, já havia escutado inúmeras outras vezes, sem a atenção merecida. Mas desde aquele dia passou a pedir para a mãe contá-la várias vezes, principalmente quando ela bebia uma ou duas taças de vinho, nos almoços de domingo. Já o Mapa Astral realmente contribuiu para seu autoconhecimento. Desde então, parou de se cobrar tanto por conta da sua típica desatenção e passou a se permitir momentos de devaneios cada vez mais profundos. Ele podia permanecer horas sozinho, imóvel, viajando em pensamentos, lembranças, construções intelectuais das mais diversas. E quer saber? Tudo bem, não era nada tão entranho assim. Ao contrário, após o Mapa Astral, Diego teve certeza de que não queria mais estudar medicina veterinária, como o pai o forçava, e decidiu, finalmente, encarar o vestibular – e a família – para o curso de Artes Cênicas. No início, quase deflagrou a Terceira Guerra Mundial, mas nem havia se formado e era convidado para viver personagens secundários em novelas da Globo, retomando um trabalho que o acompanhava desde cedo quando, ainda criança, era escalado para comerciais e, até, alguns papéis infantis na TV. Aos poucos, o pai passou a admirá-lo a ponto de recortar e colecionar qualquer notícia que saísse nos jornais e revistas. Não importava se era uma notinha de rodapé no jornal do bairro.

– ¿A qué te dedicas en Brasil? – perguntou Andrés.

A pergunta acordou Diego. Percebendo que se tratava não mais de um discurso unilateral do jovem futuro médico, se viu obrigado a interagir.

– Como?

– ¿A qué te dedicas en Brasil?

– Soy criador de caballos criollos.

A resposta de Diego fez com que Andrés olhasse para a namorada e falasse algo que lhe deixou curioso, pois nada entendeu daquele castellano truncado. Dessa vez, não por desatenção do nosso protagonista, mas, sim, porque Andrés falou tão rápido, ou usou tantas gírias para se comunicar com Clara, ou as duas coisas juntas, que nada do que disseram foi compreendido. De qualquer forma, depois da resposta e do comentário entre o casal, seguiram a viagem em silêncio.

Um tempo depois, Diego puxou um cigarro, olhou os dois e perguntou se eles se incomodariam de ele fumar. Andrés diz que não, na verdade, até gostaria de um para ele também compartilhar o momento. "Como não" – pensou Diego – enquanto, contrariado, alcança a sua última carteira para o argentino, que retira dois cigarros de dentro da caixinha vermelha de Marlboro e oferece um para Clara. Ela, no entanto, nega, com um singelo gesto de cabeça. Andrés dá de ombros e, em vez de devolver o segundo cigarro, negado pela namorada, ao maço, o coloca atrás da orelha enquanto acende o primeiro. Devolve o pacote para Diego e dá uma primeira baforada ao mesmo tempo em que comenta que o brasileiro não tem cara de pecuarista. Dá uma segunda baforada e espera por uma resposta. É a vez de Diego, sem pressa, retirar um cigarro do pacote, o colocar na boca, o acender e, somente depois de toda essa sequência quase cinematográfica, dar sua baforada. Lentamente, curtindo cada segundo daquela pausa dramática propositalmente construída – lembremos que Diego é ator, embora não seja totalmente mentira dizer que cria cavalos –, ele olha para o lado e responde, em um castelhano mais para portunhol:

– Yo te disse que soy criador de caballos criollos, no pecuarista. Es muy diferente.

Dá sua segunda baforada, olha para Andrés e pergunta:

– ¿Por qué no te parece?

Andrés responde que nunca conhecera um pecuarista – ou criador de cavalos – que se vestisse como um *punk*, de calça jeans rasgada e coturnos do exército. Diego sorri, olha para Clara e percebe que ela sorri de volta. Mas, muito rapidamente, como se não tivesse autorização para isso, desfaz o sorriso e desvia o olhar para a direita, disfarçando mirar las Cordilleras. Com o desvio de olhar de Clara, resta a Diego perceber-se, no retrovisor, com sua barba grande e escura cobrindo o rosto. Coça ela, quase não acreditando que aquele pelo todo a ele pertence. "Como é engraçado o corpo humano" – reflete sozinho. Pelos brotam da cara, unhas crescem nas pontas dos dedos, dentes rasgam a gengiva e preenchem nossas bocas. Então, abre a boca e analisa rapidamente os seus no espelho do retrovisor. Os percebe amarelados. "Culpa do cigarro" – pensa, complementando, quase em voz alta que precisa tomar vergonha e parar de vez de fumar. Faz tempo que tenta, sem resultado eficaz. Todos os finais de semana promete a si mesmo que parará na segunda-feira, dia mundial da mudança de hábitos. Mas já faz dez anos que adia o projeto para a segunda-feira da semana seguinte. Sua vontade de parar de fumar teve origem quando perdeu uma amiga muito jovem, que foi encontrada morta, em casa, três dias depois. Os médicos disseram que ela havia sofrido um AVC por conta do casamento explosivo do cigarro e do anticoncepcional. Aquilo foi tão impactante para ele que, embora, obviamente, não tomasse anticoncepcional, desde então vem tentando parar com a nicotina e as outras mais de quatro mil e setecentas substâncias tóxicas que a acompanham em cada cigarrinho. Já usou goma de mascar, adesivo, sementinha na orelha, foi na Mãe de Santo, fez Ioga, Reiki, natação, Constelação Familiar, absolutamente tudo e, tudo, infelizmente, não deu resultado. Segundo o pai, nada adiantaria se ele não tivesse força de vontade. "Fácil falar" – respondia Diego. A sequência de pensamentos parar-de-fumar-pai-força-de-vontade fez com que Diego voltasse sua atenção, novamente, para a barba. Essa seria mais fácil de resolver, bastava uma navalha, um pouco de sabonete, caso não tivesse espuma de barbear, e alguns pedaços de papel higiênico porque, certamente, o ato geraria uma infinidade de pequenos cortes na pele, que sangrariam insistentemente. E havia um agravante nesse processo, uma vez que Diego se deu conta de que nunca, à sua barba, foi permitido crescer tanto. Assim, deduziu que, talvez, precisasse também de uma tesoura. Pensou, pensou, pensou, e deu de ombros. "Não vou cortar porra nenhuma" – decidiu em silêncio, já que, desde que estava acompanhado, não mais podia verbalizar seus pensamentos sob o risco de parecer um louco.

Com o cigarro na boca, a barba longa e o boné estilo "forças armadas", que estava usando por cima do cabelo também comprido, e sobrando para os lados, se imaginou uma espécie de Che Guevara. Os óculos Ray-Ban complementam o *look* que Diego admira pelo retrovisor. Gosta do que vê. Apesar dos altos índices de fantasia escondidos por trás dessa abstração, Diego percebe que isso lhe dá uma certa sensação de amadurecimento e liberdade. No entanto, bem longe daquilo lhe parecer um *punk* dos anos 1970. "Guri sem referências" – pensa Diego sobre Andrés. Está, também, bastante queimado pelo sol e tem os lábios ressecados pelo clima hostil – sol, frio e vento – da Patagônia. Passa os dedos sobre os lábios e, levemente, esfrega-os até deixar cair pequenos pedaços de pele morta e seca. Como se fosse serragem. Em silêncio, entre um cigarro e outro, e algumas cuias de mate – bem amargo – que Andrés e Clara traziam, seguem por quase uma hora pela interminável Ruta 40, sempre reta e monótona, em direção ao sul do mundo. Então, pela primeira vez, Diego tem a iniciativa de quebrar o silêncio. Sem aviso prévio, pergunta – sempre em portunhol – se haveria um hospital em Bariloche. Andrés – surpreso – responde com outra pergunta.

– ¿Por qué, te sientes mal?

– No debe de ser nada serio, pero tengo una picazón – é asi que se fala? – en el brazo izquierdo desde hace unos días, ya. Y, también, una tonteria extraña.

Andrés permanece pensativo por alguns instantes, troca olhar com a namorada, em silêncio, e só então diz que é bom fazer uma tomografia para ter certeza. Muitas doenças têm relação com os sintomas que Diego descreve, mas, segundo ele, embora ainda esteja apenas no primeiro ano da faculdade – e já trancou o curso – não parece se tratar de um possível infarto. Diego pergunta como ele sabe que o seu medo era, exatamente, o infarto. Do jovem argentino ouve que praticamente todas as pessoas leigas, quando sentem dormência no braço esquerdo, imaginam o mal súbito o qual, pensam, costuma ser fatal. E, de fato, um infarto é sempre um quadro difícil de ser revertido. Há uma crença popular construída sobre o medo de morrer de tal forma que faz com que as pessoas associem, quase sempre, a dormência no braço esquerdo e um aperto no peito ao fatídico infarto. Muitas vezes, a pessoa apenas dormiu mal ou, até, está precisando peidar. Não que uma coisa esteja diretamente relacionada a outra, claro. Brincadeiras à parte, Andrés explica que é muito comum pessoas chegarem às pressas nas emergências dos hospitais relatando tais sintomas, amedrontados com a possibilidade da morte a qualquer instante e, ali mesmo, descobrirem que o que sentem têm relação com uma crise de ansiedade, ataque de pânico ou, muitas vezes, aí sim, seria algo bem grave, um tumor cerebral já em pleno desenvolvimento. Andrés ri, como quem diz – es sólo una broma –, mas isso não impede que Diego se assuste com o que o argentino falou. Clara, ao perceber, ameniza e, pela primeira vez, emite uma fala em português. Clara fala português, vejam só. Diz que o diagnóstico do namorado está exagerado. Que se trata, apenas, do típico humor sarcástico dos argentinos.

Dificilmente seria um tumor tão evoluído sendo ele ainda tão jovem e saudável. Ela está mentindo, sabe muito bem que a idade não é parâmetro para evitar ou não qualquer tumor que seja, mas pensa – enquanto cutuca disfarçadamente o namorado – que naquele momento, de nada adiantaria assustá-lo de tal forma. Até porque Diego é o motorista que está guiando para eles. Andrés complementa, amenizando seu próprio comentário anterior, que certamente pode ser somente estresse, cansaço, fome, afinal, Diego está dirigindo há muito tempo. Certamente tem relação com isso.

– É, pienso que si – diz Diego – concordando com o carona e tentando, também ele, mentir para si mesmo, embora, no fundo, não acreditasse na mentira de Clara e na remediação de Andrés. Ou seja, nada estava bom.

Assim, para amenizar a sensação de morte iminente, que se mantinha no ar, Diego tenta se convencer de que, agora, ao menos, está viajando com dois médicos. Tudo bem, estudantes. Tudo bem que trancaram a faculdade ainda no segundo – ou seria primeiro – ano para viajarem juntos ao sul da Argentina. Tudo bem que estavam desmotivados com a medicina. Mas, mesmo com tantas objeções, ainda era melhor do que estar sozinho no meio do deserto. Ao menos uma respiração boca a boca e uma massagem cardíaca eles saberiam fazer. Seguem o resto da viagem, novamente, em silêncio. Um silêncio, entretanto, aparente, pois, dentro da cabecinha hipocondríaca de Diego, uma verdadeira assembleia geral acontecia. Ponderações diversas, pontos de vistas complementares e contraditórios, argumentos complexos, a cabeça de Diego mais parecia uma daquelas tumultuadas sessões do parlamento inglês, que às vezes a gente assiste na TV. Quanto mais pensava sobre o que poderia estar vivendo, mais o braço parecia adormecer. E, quanto mais sentia isso, mais Diego fumava. Toda vez que fumava, se via obrigado a jogar para fora da janela a bagana do cigarro. Toda vez que fazia isso, se sentia envergonhado. Tinha consciência ecológica – ou pensava ter – e aquele seu ato contradizia a sua própria coerência pessoal. Definitivamente precisava parar de fumar. Lembrou-se quantas vezes defendeu, como ator, a natureza do Cerrado, inclusive enfrentando o agronegócio da região. Emprestava sua imagem de pessoa pública e (pseudo)famosa para campanhas contra o uso agressivo dos agrotóxicos nas lavouras de soja transgênica, da grilagem de terras indígenas por produtores de gado, dos incêndios criminosos e da poluição dos rios com os mesmos venenos utilizados na agricultura. E isso tudo representava um problema enorme para ele. Alguns o tratavam como hipócrita, uma vez que o grosso do dinheiro da sua família vinha, justamente, da pecuária e do cultivo da soja. Muitas vezes ficava muito triste. Tinha a nítida sensação de apenas perder, de todas as formas, o tempo todo. Embora as terras da sua família não fossem originadas da grilagem, como filho de pecuarista, além de se incomodar com a própria família e deixar o pai na saia justa com os seus amigos, também do agronegócio, era atacado por aqueles a favor e contra a preservação do meio ambiente. Como professor de História, quando exerceu a profissão, era acusado de comunista, doutrinador marxista. Como artista, o acusavam de mamar nas tetas do governo pelas leis de incentivo à cultura. Como ator, ainda era chamado de vagabundo e, mais de uma vez, o tiravam para drogado. Durante um tempo, no entanto, conseguiu levar na boa, equilibrar sua preocupação ecológica, seus valores familiares e sua ideologia. Tudo isso mudou quando um deputado inexpressivo, até então restrito ao chamado baixo clero do congresso brasileiro, desconhecido por ele – e pela maioria do povo – iniciou uma campanha para ser candidato a presidente. O pai, assim como todo o agronegócio do Mato Grosso, Mato Grosso do Sul, Goiás, Tocantins e Pará, o chamado "Brasil Profundo" e, ao menos uma pequena parte desse Brasil, extremamente rico, apoiou esse cara que, aos poucos, foi se notabilizando mais por seu discurso racista, homofóbico, machista e, inclusive, pela defesa da Ditadura Militar, apologia à tortura e caça a um comunismo delirante, do que por conta da sua capacidade, honestidade, inteligência ou por um plano de governo minimamente coerente. No início, até os partidos mais tradicionais viraram as costas para ele, pois ninguém poderia imaginar que todo aquele discurso de ódio, baseado essencialmente em mentiras e provocações vazias, fosse encontrar eco na sociedade. Para concorrer, ele precisou se filiar a um partido inexpressivo, quase inexistente. Apesar de tudo isso, no entanto, o cara cresceu nas pesquisas e, de piada, passou a ser a bola da vez. Principalmente depois de o cara sofrer um atentado, o qual justificou a sua ausência dos debates e serviu para mascarar, ainda mais, a sua incompetência. Alguns, inclusive, defendem que tudo foi uma armação, mas não há provas de nada, apenas convicções. E, estas, não levam ninguém para a cadeia, certo? Além de tudo, pairava uma desconfiança permanente sobre as instituições brasileiras, o que, naturalmente, gerava dúvidas de até que ponto a Polícia Federal realmente havia investigado a natureza daquele atentado que tanto havia influenciado as pesquisas de intenção de voto. De qualquer forma, ainda antes disso acontecer, já era possível perceber que alguma coisa estava muito errada. Mesmo se tratando de Brasil, é assustador pensar que esse cara defendeu o golpe – para alguns, *impeachment* – de uma presidenta eleita democraticamente, na casa da democracia, o Congresso Nacional, discursando a favor da Ditadura Militar e exaltando um torturador notório, sem que nenhuma instituição brasileira o colocasse no seu devido lugar. Aquilo foi o ponto de virada, a derradeira ruptura ao processo de fortalecimento democrático que ocorria no Brasil desde 1985, quando a redemocratização teve início. E olha que era preciso ser criativo para chamar a atenção naquela votação marcada por tantos shows pirotécnicos e discursos surrealistas protagonizados pela grande maioria daqueles 511 deputados que estiveram presentes naquela tarde de domingo daquele 17 de abril de 2016 quando a política, e não o futebol, foi narrada por Galvão Bueno. Tudo bem, o Galvão Bueno é uma piada minha, mas não deixa de ser representativo. Acho que foi a primeira vez, na história, que o futebol perdeu espaço para a política.

Por um lado, pensou Diego em algum momento após a morte do pai, a sua tragédia pessoal evitou a rota de colisão inevitável que ocorreria entre ele e o seu velho. O Brasil estava dividido. As famílias estavam brigando. Pais e filhos não se falavam mais por conta do ódio que começou a surgir já alguns anos antes de acontecer o *impeachment* e que, agora, se intensificava irracionalmente. De um lado, petralhas, de outro, coxinhas. De um lado, esquerdopatas, de outro, (pseudo)liberais moralistas. Existiam definições pejorativas para um e outro lado, mas o que pegava mesmo era a total incapacidade de as partes dialogarem. A sociedade dividida pelo ódio radical, algo que os historiadores – e Diego estava nesse grupo – ressaltavam se assemelhar muito ao fortalecimento do fascismo na Itália pré-Segunda Guerra, fez com que o inusitado delírio desse homem em se tornar presidente se transformasse em uma possibilidade eminente. Dividir para conquistar. Foi assim, e com um discurso anticorrupção muito semelhante a outros momentos da História do Brasil, que esse novo messias conseguiu chegar ao segundo turno das eleições com uma votação expressiva. E, ainda, carregou consigo vários políticos ligados às novas – pero no tanto – oligarquias nacionais do agronegócio, da igreja evangélica e, o que preocupava ainda mais, de militares reformados, saudosos da ditadura. Portanto, o primeiro turno ele havia vencido e, agora, no segundo turno, acusações verbais, mais mentiras e ataques de toda ordem anunciavam o que poderia – ou poderá – vir a ser um possível futuro governo desse cara.

Como historiador, Diego conhecia bem esse roteiro. Sabia que as cicatrizes malcuradas, a crise profunda deixada pelo fim da Primeira Guerra e a falta de esperança de uma população empobrecida contribuíram para a ascensão do fascismo de Mussolini, na Itália, e do nazismo de Hitler, na Alemanha. A sensação de impotência perante aquele momento talvez tenha sido crucial na sua decisão de pegar a estrada em busca do irmão. Foda-se o segundo turno e, de certa maneira, que bom que a morte dos pais – ao menos isso – havia evitado o desgaste familiar que aquela situação política, no Brasil, inevitavelmente, criaria. Já sabia de várias pessoas que haviam rompido com seus pais, familiares e amigos por causa das posições políticas – e humanitárias, no caso – antagônicas. Até casamentos acabaram por conta desse discurso de ódio que afastava as pessoas do diálogo e de si mesmas. É bem verdade, no entanto, que não era possível relativizar os discursos e aceitar que alguém apoiasse um candidato que defendesse a tortura, não importando se esse alguém seria um pai, uma tia, uma avó ou a própria namorada. Por isso, Diego tentou, ele mesmo, justificar a ausência dos pais, pois acreditou que se eles ainda estivessem vivos, morreriam de desgosto. Certamente perderiam mais um filho por conta das divergências de valores, pois ele não conseguiria ficar em cima do muro diante de tudo que estava acontecendo no país e, pelo menos o pai, se posicionaria a favor desse candidato. Toda essa reflexão deixou Diego nervoso. Voltou a sentir o braço dormente e decidiu que precisava parar. Respirar, esticar as pernas, talvez comer alguma coisa. Esvaziar a mente e, quem sabe, até tomar uma cerveja. Precisava relaxar um pouco.

Aproveitou um posto de gasolina que surgia no horizonte para fazer isso. Entrou à direita, saindo do asfalto e deslizando, meio sem controle por conta da velocidade alta, sobre o chão batido do estacionamento do restaurante. Ninguém deu bola para a manobra abrupta do brasileiro. Até porque não havia praticamente ninguém ali. O lugar estava quase vazio, com exceção de um frentista sonolento, que cochilava sob uma sombra proposital, e uma mulher de poucos amigos, que atendia dentro da lanchonete. Toda estrutura não passava de uma pequena edificação quadrada e um telhado alto e grande, destes de postos de gasolina, o qual estava bastante danificado. Claramente a preocupação para ter um telhado daqueles era mais com o sol do que com a chuva. Isso explicava por que os buracos no telhado não foram consertados. Para fechá-los, em vez de novas chapas de zinco, como aparentava ser o telhado original, optou-se por aquelas redes pretas, chamadas de sombrite, que diminuem a incidência do sol. Essa era a estrutura ainda de pé que cobria aquela caixa de concreto a qual servia, de um lado, como escritório e loja de produtos para carros e, de outro lado, dava para o restaurante, meio loja de conveniências, onde era possível comprar um lanche, um café ou uma Quilmes. Exatamente o que Diego precisava. Um pouco mais afastados, numa estrutura a parte, havia dois banheiros. Fora isso, apenas o vento que soprava ora mais forte, ora mais fraco, ora levantando mais poeira, ora menos, ora provocando o rangido irritante das placas de metal dependuradas sobre a loja, ora não.

Diego desceu do carro, acendeu um cigarro, de pé, enquanto se espreguiçava. Perguntou aos argentinos se eles queriam descer para comer. Andrés respondeu que não, que ficariam por ali, próximos à caminhonete, fumando. Falou isso enquanto pegava, de trás da orelha, aquele segundo cigarro que a namorada não quisera. Pediu o isqueiro emprestado a Diego, que o alcançou enquanto olhava para algum ponto fixamente. O vento mexia os cabelos dos três viajantes. Já era passado das quatro horas da tarde, o sol estava mais ameno, e o seu calor perdendo a intensidade. No horizonte, era possível ver algumas nuvens escuras se aproximando. "Não há de ser nada, afinal, ali nunca chove" – pensou Diego. Mas, logo mais, o deserto traria o frio noturno. Esse sim, vem com tudo. Diego pegou sua jaqueta no banco de trás e a vestiu enquanto observava a dança da sombra, produzida pelo sombrite sobre o chão de terra batida. O vento rangia as latarias do lugar, e Diego se perguntava se podia deixar a caminhonete aberta ou deveria trancá-la. Ainda não confiava neles, apesar da afetividade com Clara e a percepção de que Andrés, no fim das contas, nem era tão mala como pareceu ser no início. Mas, mesmo assim, não gostaria de deixá-los à vontade com a caminhonete aberta. Por outro lado, fechá-la seria bastante deselegante. Então, deu um jeito de, sem perceberem, tirar a chave da ignição e levá-la consigo. Vários carros antigos, completamente destruídos, estavam abandonados ao lado do restaurante. Diego ainda os observou antes de fazer tilintar o sininho preso à porta da loja. Que bela foto daria essa paisagem Mad Max, imaginou Diego.

Atrás do balcão, uma mulher de uns 50 anos, cabelos esbranquiçados e pele maltratada pelo clima hostil da Patagônia, assistia a um programa de calouros na TV. Ela se virou para a porta para ver quem entrou. Fez isso num misto de preguiça e desinteresse. Ao perceber Diego, o cumprimentou apenas com um aceno de cabeça e voltou a olhar para a televisão, presa à parede. O som estridente da velha TV preenchia os espaços vazios das prateleiras quase sem produtos. O cheiro de café requentado permanecia no ar e aconselhou Diego a se decidir pela cerveja. Ele pediu uma hamburguesa à mulher com cara de poucos amigos, enquanto observava a caminhonete pela janela. O casal estava lá, se beijando. Diego sorriu, dividido por uma inveja boa que percebia apertar seu peito e a satisfação de que, se estão se beijando, suas intenções eram outras, não iriam aprontar nada de errado. “O que aconteceu comigo” – pensou Diego, ao se dar conta que não conseguia confiar plenamente naquele casal. “Tornei-me aquilo que sempre odiei” – riu novamente e decidiu relaxar. Pagou a hamburguesa e pediu uma cerveja. Abriu a garrafa, deu um gole ali mesmo, de pé, no balcão. Quando olhou para fora, dessa vez despretensiosamente, se engasgou ao ver a sua caminhonete indo embora. Já no asfalto.

– O quê?

Ficou atônito por alguns segundos, congelado no meio do bar com a garrafa de Quilmes em uma das mãos e com a outra apontando na direção da caminhonete, que desaparecia em alta velocidade, deixando para trás uma nuvem de poeira.

– Filhos da puta – falou alto várias vezes, assustando a atendente, que não entendeu nada.

Diego saiu correndo em direção ao pátio, mas, ao chegar lá fora, não havia mais nada a fazer. O silêncio pesado que se abateu sobre todo aquele lugar foi a única testemunha daquele roubo soturno e infeliz. Olhou para o lado e percebeu que o frentista seguia dormindo profundamente, com o boné sobre os olhos. Diego ficou lá, de pé, parado, sem reação. Não havia o que fazer. Então gritou. Gritou muito e colocou para fora toda sua raiva. Gritou mais uma vez e, agora, ainda mais alto, chamando aqueles dois argentinos de filhos da puta. Uma. Duas. Três vezes. Como ele pôde ser tão estúpido? Sabia que não devia ter confiado neles.

– Mierda!

É quando, por trás dele, lentamente, surgiu o casal. Eles pararam ao lado do brasileiro, um à direita e o outro à esquerda, ambos em silêncio. Só então foram percebidos por Diego, que mexeu a cabeça para os lados a fim de certificar-se que não estava vendo coisas. São mesmo eles. Mas se eles estavam ali do seu lado, quem estava fugindo com sua caminhonete? Ficou novamente sem reação, ainda mais quando, do bolso, tirou a chave que estava com ele. Não entendeu nada, mas sentiu vergonha de seu pré-julgamento. Nem se deu conta de que falava em português quando interpelou o casal.

– Vocês não disseram que ficariam na caminhonete? Onde vocês estavam?

Constrangidos, e desarrumados, explicaram que estavam no banheiro. Diego percebeu o óbvio. Aqueles dois estavam se beijando. São jovens, ficaram com tesão e decidiram dar uma rapidinha no banheiro sujo daquele lugar deserto. O que poderia haver de mais excitante para um casal de adolescentes? Em poucos segundos, conseguiu até imaginar a cena. Os dois de pé, Clara levanta a saia. Andrés, por trás, coloca ela contra a parede ou escorada na pia, puxa a calcinha da namorada para o lado e a penetra com força, segurando firme a cintura dela ao mesmo tempo que, na impossibilidade de tirar toda a roupa para sentir seus corpos nus roçando um no outro, levanta a blusa para acariciar os seios da garota. Os mesmos seios que ele, Diego, não faz tempo, precisou de uma concentração descomunal para evitar olhar e desejar. O tesão aumentando conforme a eminência do gozo rápido se confunde com o medo de serem pegos em flagrante. Isso, certamente, aumentou ainda mais a excitação dos dois jovens. "Ah, juventude! Tá bem" – pensou Diego, já excitado pela própria imaginação. "Eu teria feito o mesmo". Em poucos segundos de fantasia, Diego já se tornou cúmplice daquela aventura sexual. Como não? Dois jovens, no auge dos seus vinte e poucos anos, libido à flor da pele, como evitar? Foi quando alguém, que ali estava observando toda a sequência de cenas, percebeu o momento perfeito de roubar a caminhonete, provavelmente, por meio de uma ligação direta. Diego suspirou, sorriu, deu um gole na sua cerveja e alcançou a garrafa para os jovens argentinos, perguntando se queriam. Andrés, claro, não negou. E ali permaneceram os três, de pé, juntos, parados, a olhar para o nada enquanto matavam aquela Quilmes de litro, já meio morna. O vento mexeu com o cabelo dos três e, somente agora, o frentista deu sinal de estar vivo. Espreguiçou-se, como quem está acordando de um sono de horas, e se aqueceu esfregando os braços com as mãos. Ao fazer isso, os percebeu e perguntou:

– Paso algo?

Passaram-se algumas horas até que, finalmente, os três conseguissem uma carona. O tempo havia se transformado completamente. O vento aumentou a intensidade, as nuvens carregadas fecharam o céu azul, e trovoadas anunciaram a forte tempestade que estava por chegar e que, agora, desabava sobre o antigo Citröen guiado por um velho alemão de quase dois metros de altura que mal cabia dentro do próprio carro. Ao seu lado, a mulher, também alemã, não parava de falar com o marido. Em alemão, claro. No banco de trás, apertados, viajavam Andrés, Clara e Diego. Os três bastante suados. Apesar da chuva e do frio lá fora, dentro do carro o calor era insuportável. O alemão, na frente, secava o suor da testa com um lenço encardido que segurava o tempo todo com as mãos. Reclamava muito com a esposa. Os vidros estavam embaçados. A cada pouco tempo, o alemão usava o mesmo lenço para limpar o para-brisas por dentro. A chuva escorria pelos vidros do carro, dificultando ainda mais a tarefa de dirigir. O rádio, ligado em alguma estação brega, sofria a interferência constante dos raios. Diego dava uns cochilos, lutava para ficar acordado, e batia com a cabeça no vidro do carro a cada buraco ou solavanco. Até que passou a delirar e se debater.

Pés que caminham por um corredor bastante claro e excessivamente iluminado. Uma mulher de branco fecha uma porta. Os passos são de Diego, que chega até essa mulher e a pega pelo braço. Ela se vira para ele, olha nos seus olhos, sua expressão é de resiliência. Mexe a cabeça negativamente. Diego coloca a mão sobre a maçaneta, abre a porta, e um facho de luz desenha o chão do quarto fechado. Diego caminha, conforme a porta é aberta, iluminando o piso branco do quarto, até chegar a uma maca. A luz do corredor ilumina a maca, Diego acompanha com o olhar. Sobre ela, um homem velho, de cabelos brancos, deitado e coberto por um lençol. Está morto. Seu olhos azuis estão ainda abertos, estarrecidos, exclamativos, assombrados, congelam, na retina, o derradeiro momento da sua morte.

O alemão gritava coisas incompreensíveis dentro do carro. A chuva aumentava a intensidade. Também ele parecia delirar. O limpador do para-brisas não dava conta da água, ficando impossível enxergar a estrada. Os gritos se assemelhavam a um dos tantos discursos de Hitler que todos nós já vimos ou ouvimos, ao menos uma vez, em documentários ou reportagens sobre a Segunda Guerra.

Aliás, muitos nazistas fugiram para o sul da Argentina, seria ele um deles? Raios iluminavam o campo, seguidos por estrondos ainda mais assustadores. O homem, então, decidiu entrar em uma estradinha particular que levava a um estábulo. Andrés e Clara ficaram alarmados. Diego se debatia, ardendo em febre. O vento forte parecia arrastar o velho automóvel, que passava agora pelo portão da propriedade, o qual, graças a (d)Deus, diria o alemão, caso acreditasse nele, estava aberto. Seguiu lentamente pela estrada estreita e esburacada daquela fazenda. Raios e trovões rasgavam o horizonte em uma intensidade impressionante. Passou a chover pedra. Diego continuava suando frio. Clara advertiu o namorado que a febre estava cada vez mais alta. Andrés pegou sua jaqueta térmica e deu para Clara cobri-lo. Ele tremia de frio, embora parecesse queimar. O estábulo estava cada vez mais perto. A chuva de pedra aumentou ainda mais. A tempestade assustava a todos. Finalmente, chegaram ao velho galpão de madeira revestido por chapas enferrujadas de zinco. A porta grande estava aberta, e o alemão entrou com o carro. Lá fora, a quantidade de pedras de gelo que caíam do céu era tamanha que acumulavam no chão. Tudo ficou branco, parecendo neve. Eles saíram do carro, menos Andrés e Clara, que decidiram ficar para cuidar do brasileiro. Tentaram baixar a febre, colocando um punhado das pedras de gelo, recolhidas pelo namorado, sobre a testa de Diego. O som da chuva de pedras sobre o zinco era assustador, e as rajadas de vento pareciam arrancar o telhado, já bastante danificado pelo tempo.

O som da madeira raspa uma estrutura de concreto. Um caixão é empurrado para dentro de uma gaveta. De lá de dentro, Diego se vê do lado de fora, recortado pelo desenho do túmulo, como se fosse um enquadramento cinematográfico. Um homem fecha a gaveta com tijolos. Um a um, os tijolos cobrem a imagem de Diego enquanto, ao mesmo tempo, escurecem o caixão, lá dentro. Diego segue dentro, junto ao caixão, mas está fora também. Some aos poucos, conforme a gaveta é lacrada pela sequência de tijolos e concreto. Então, um último fecho de luz é impelido de entrar na gaveta mortuária por um, também, último tijolo. Pronto. Diego não se vê mais. Não há mais claridade alguma. Está tudo escuro, para sempre.

– Pai – murmura Diego, delirando ao lado de Clara. – Pai. Pai.

Abriu os olhos e viu Clara à sua frente. Andrés já não estava mais no carro. A chuva seguia forte, embora as pedras tivessem cessado. O barulho provocado pelo telhado de zinco abafava a conversa das pessoas lá fora. Às vezes, uma rajada mais forte contorcia o telhado enferrujado. Sabe-se lá há quantas tempestades como aquela aqueles zincos estavam resistindo. Ou ainda resistiriam. Os homens conversavam próximos à grande porta do estábulo. Eram várias vozes. O alemão seguia falando alto, provavelmente, agora, em espanhol. Gesticulava muito, mais parecia um italiano exagerado. Explicava algo a Andrés e, para isso, movimentava vertiginosamente as mãos. Junto a eles, dois gaúchos argentinos, vestidos com palas, bombachas e botas, sorviam um mate enquanto, perplexos, mas contemplativos, olhavam para o alemão verborrágico. Diego percebeu o grupo que estava atrás dele, próximo à outra extremidade do galpão, o qual era dividido por esse corredor com suas duas grandes aberturas. Lá atrás, era possível ver pelo retrovisor do carro, estavam todos de pé, protegidos da chuva, mas fustigados pelo vento. Diego levantou os olhos para Clara e sorriu timidamente. Estava muito fraco e logo os fechou novamente. Clara seguiu cuidando dele como pôde. Com os recursos que havia. Então, dos olhos fechados, ela percebeu escorrer lágrimas pelo rosto do brasileiro. É sempre tocante ver um homem chorar, se entregar à sua própria fraqueza e não mais disfarçar uma força apenas aparente a qual ali está, somente, porque a sociedade assim o ensinou a ser. "Homem não chora", quantas vezes ouviu aquilo do pai, dos tios, dos amigos. Por mais que seja sensível – um artista, ator, pisciano, com lua em câncer –, Diego é gaúcho, mestiço, uma mistura de índio com italianos e espanhóis. E como tal fora criado. Cresceu em uma fazenda entre o Cerrado e o Pantanal, para onde foi ainda jovem. Conviveu, desde cedo, com peões, cavalos, gado e muito trabalho bruto. "Não pode chorar". Foi assim que aprendeu. "Segura para si. Guarda lá no fundo. Seja homem" – foi o que sempre ouviu dos mais velhos. E assim o fez. Quando acompanhou os momentos finais do câncer da mãe, que já sabia, não teria mais volta, tentou ser forte. Tentou enganá-la, dizendo a ela que ainda havia chances de ela melhorar. Tentou enganar o pai de que a mãe estava se recuperando. Ela ia melhorar. Ela ia voltar. Tentou enganar a si mesmo, dizendo que era forte o suficiente para segurar toda aquela barra sem preocupar o pai. Passava o dia no hospital, cuidando da mãe. Então, ao final da tarde, sem energias, voltava para casa desolado e com o peso do mundo sobre suas costas, segurando as lágrimas, pois sabia o que estava por vir. E sabia que estava sozinho. Parava o carro no portão da fazenda, respirava fundo, se concentrava e esculpia um sorriso esperançoso no rosto. O mais verdadeiro possível. O melhor que um ator pudesse fazer. E assim entrava em casa com aquele sorriso otimista montado. Encontrava o pai sempre sentado na mesma cadeira, no canto da cozinha, no escuro, onde esperava pelo filho para jantar e contar as novidades sobre a esposa. Diego fazia comida e mentia. Representava um filho seguro de si, forte, que tinha certeza de que a mãe voltaria para casa, era apenas uma questão de tempo. Fez isso por quinze longos dias, até que não pôde mais mentir. Chegou em casa e teve que contar que tudo havia saído errado. Quisera o destino que a mãe, quase vinte anos mais jovem que o pai, fosse antes. E que o pai ficasse, para sofrer ainda um pouco mais. Mais uma perda. No velório da mãe, foi o mais forte que pôde. Sabia que não podia chorar em frente ao pai. Precisava receber as pessoas, ser afetuoso e segurar a mão calejada do seu velho. Sofria por dentro. Chorava por dentro. O irmão, que sempre imaginou ao seu lado nesse momento, não estava lá. Diego tentou avisá-lo várias vezes, mas as ligações nunca completavam. Ficou sozinho. E foi assim que se manteve forte, como lhe ensinaram, até o fim. Não deixou escapar uma única lágrima sequer.

Decorou bem o seu texto, como fazia nas novelas. E até sentiu orgulho de si mesmo. Que atuação digna de um prêmio. Sentiu-se um homem de verdade, como o pai lhe havia ensinado, e não a criança assustada que chegava no hospital todas as manhãs para ver a mãe. No dia do velório foi homem, sim. Tanto que ouviu do pai, no final do dia, ao voltarem para casa depois de enterrada a mãe, que se não fosse por ele, estaria fodido. “Fodido”. Pensou que nunca havia escutado o pai proferir aquela palavra. Aliás, nunca ouviu o pai falar qualquer palavrão que fosse. Um homem que nunca levantou a voz contra a esposa, os filhos ou amigos. Nunca xingou ou desmereceu ninguém. Nem o filho mais velho, quando este brigou com todos e sumiu de casa. Pensavam que seria mais uma das peripécias dele. Sempre fazia isso, desde adolescente. É bem verdade que quanto mais velho ficava, mais tempo as fugas duravam. Mas ir embora de vez? Daquela vez ele se foi. Souberam disso somente depois de alguns meses quando, enfim, receberam aquele postal da Argentina, com uma fotografia do Ushuaia. Estava escrito “Fin del Mundo”, e havia um número de telefone, como quem diz, “se quiserem, venham vocês atrás de mim”. Mas, orgulhoso, o pai nunca mais quis saber do primogênito. Ninguém entrou em contato ou, ao menos, voltou a tocar no nome de Arthur naquela casa. Ele estava morto.

De fato, parecia estar morto mesmo. Durante os meses de agonia, com a mãe no hospital e o pai em casa, Diego tentou de todas as formas contatar Arthur. Sempre sem sucesso. De que adianta ter um irmão quando, no momento mais difícil da tua vida, ele não está ao teu lado? Arthur herdou a teimosia e o orgulho do pai. Desde aquele dia quando saíra de casa pela última vez, anos atrás, nunca mais voltou a contatar a família. Se, das outras vezes, desaparecia para chamar a atenção e, cedo ou tarde, retornava para casa, dessa vez era para toda a vida. O pai leu o postal, o deixou sobre a mesa e foi para o quarto em silêncio, mais ou menos como fez quando descobriu, naquela manhã de sábado, que a esposa e parceira não voltaria mais viva para casa. No quarto, ficou por horas, em silêncio. Quando saiu, era outro homem. Envelhecera dez anos naquelas poucas horas que permaneceu sozinho, trancado lá dentro. Diego tinha certeza de que aquilo havia matado o pai. Que depois daquilo, seriam poucos os anos com ele. Quem sabe, meses. E, realmente, o pai foi parar no hospital várias vezes, sempre com o veredito certeiro dos médicos. "É só uma questão de tempo, vão se preparando", diziam eles. E o velho voltava para casa mais forte e ainda mais teimoso. Parecia que queria viver até ver o filho voltar para casa, com o rabo entre as pernas, como costumavam dizer lá no Mato Grosso do Sul.

– Quem diria que a mãe iria primeiro, né? – falou Diego para o pai, depois de ouvir dele "Se não fosse tu, eu tava fodido".

E assim ele se foi. Fodido, morrendo aos poucos, conforme prometeu naquele mesmo sábado de manhã. Aquele homem era forte como um touro, mas, depois de perder a esposa, bastou um mês para deteriorar ao ponto de não reconhecer mais o próprio filho e precisar da sua ajuda até para ir ao banheiro. Delirava que a esposa o visitava à noite – "será que delirava mesmo?" – se perguntava Diego. Após um mês, morreu. Caiu duro sobre a própria cama depois de pedir para rezar um Pai-Nosso com a Ângela. Morreu antes de Diego voltar do trabalho. Morreu antes porque não queria que o filho chegasse e o visse naquele seu último momento de fraqueza, quando estava se despedindo da vida. Aquele era um momento dele, indo ao encontro da sua própria escolha de vida, um ato de liberdade plena e de muita coragem. Ou covardia. Diego ainda não sabia como interpretar aquilo tudo. Não importava mais. Morreu como desejou. Na sua cama, depois de rezar, sem que o filho o visse partir. Mais um velório, e lá estava Diego, de novo, firme e forte. Quando entrou na funerária para encomendar os preparativos do ritual, o funcionário era o mesmo que o atendeu quando a mãe havia morrido. Diego jura que viu um sorriso de espanto na boca daquele homem, como quem diz "tu está brincando, né?" Mas não estava. Trinta dias depois, lá estava Diego, encomendando o mesmo caixão para o seu pai. Tudo igual, inclusive o preço. Mesmo assim, manteve-se forte, como homem deve ser. Não havia chorado a morte da pessoa que mais amava – a mãe –, não choraria a morte do pai. Não que não o amasse. Não que o pai não merecesse suas lágrimas. Mas, convenhamos, mãe é mãe. Segurou no osso da primeira vez, seguraria novamente. Enterrou o pai e foi para casa, sozinho. De noite, lembrou-se do irmão enquanto retirava, de perto do fogão, a cadeira do velho. A cadeira na qual se acostumou a ver o pai sentado, a vida toda, abastecendo o fogão à lenha usado pela esposa para cozinhar. Um hábito gaúcho que eles não perderam no Mato Grosso do Sul, apesar do calor. Naquela cadeira, ninguém mais se sentaria. Fez isso e pensou na pequena tragédia que havia se abatido sobre ele. Perder pai e mãe assim, em menos de um mês? Qual o significado? As pessoas tentavam lhe dizer que era vontade de (d)Deus, que ele era forte e superaria. Outras ainda diziam entender a sua dor.

– Porra nenhuma – falava Diego, sozinho em casa. – Porra nenhuma!

A única pessoa que poderia entender a sua dor, se é que isso seria possível, seria seu irmão. Também ele, filho daqueles mesmos pais que, agora, eram apenas carne fria e apodreciam, juntos, mas separados, naquelas duas gavetas no cemitério, evidenciando a insignificância humana. Que ideia imbecil enterrar pessoas em gavetas de concreto. Foi quando se viu, de fato, só e decidiu procurar o irmão. Seja lá onde este estava, precisaria encontrá-lo. Depois, ainda haveria toda a questão da herança e do inventário para resolver. Não era pouca coisa. Apesar de não ter tido a oportunidade de estudar, o pai conseguira construir um capital significativo. E para quê? O irmão, certamente, não ia querer ficar com aquela fazenda, assim como Diego. Não queria ser pecuarista. Não queria plantar soja, criar gado, ser fazendeiro. Não queria o agronegócio. Por mais pop que o agro fosse. Amava o pai, mas não queria se transformar naquilo que não acreditava.

Honrava a vida de trabalho e luta do seu velho, mas queria vender tudo e sumir. Sumir do Mato Grosso do Sul. Sumir do país até. Mas, antes, para vender a fazenda, era preciso encaminhar toda a documentação e levá-la para o irmão assinar. Uma boa desculpa. Tudo isso – sabia Diego –, por mais sincero que fosse, era exatamente isso, uma grande e retumbante desculpa para encontrar o irmão, lhe dar um abraço e dizer que, agora, os dois estavam sozinhos no mundo. Imaginava receber o abraço de Arthur em retorno. Depois de todo esse tempo, será que o irmão iria querer vê-lo? Falar com ele? O medo fez com que adiasse por meses aquela decisão. Até que um dia entrou no carro como quem ia comprar pão e não voltou mais. Passou pelo mercadinho, perto de casa, e comprou cigarros. Ao sair e se despedir do Seu Antônio, o proprietário que o viu crescer e era amigo da família, seguiu em direção à fronteira com o Paraguai. Precisou fazer tudo isso apenas para poder chorar? Agora, finalmente, estava chorando. Viajou todos aqueles quilômetros, por três países, foi roubado, pegou carona com um casal de alemães nazistas, delirou de frio, fome e medo da morte, para, num estábulo abandonado, perdido no meio da Patagônia, após uma inusitada chuva de granizo, longe de tudo e de todos, no colo de uma menina de vinte e poucos anos, desconhecida, finalmente, chorar a sua própria fragilidade. E que tamanha ironia, não deixou de ser homem por causa disso.

– O problema da morte – disse Diego, murmurando em português para Clara – é que com ela se vão também os cheiros. E não importa se falamos da morte morrida ou, apenas, da morte do abandono. Porque existe também esta, a morte daqueles que não partiram, apenas nos deixaram.

Exausto pelo choro e ainda febril, Diego dormia no colo de Clara. Aos poucos, a chuva foi cessando, Diego despertou e todos retornaram para o carro. O resto da viagem foi mais tranquilo. Após a tempestade, antes de findar a tarde, deu tempo, ainda, de o sol aparecer para se despedir do dia. Diego observou aquele fim de tarde e lembrou-se da história que a mãe contava sobre o seu nascimento, quando – conforme já foi narrado aqui – a tempestade daquele final de tarde de março deu lugar a um lindo pôr do sol. Foi pensando nisso que ele pegou no sono novamente. O resto da viagem foi em silêncio. Até o alemão ficou mais quieto, apenas trocando palavras rápidas e necessárias com a esposa. Depois de tudo, pareceu haver uma espécie de pacto de silêncio, o qual foi acordado por todos e por tudo. No banco de trás, dormiam. Diego deitado no ombro de Clara, que estava mais próxima dele que do namorado. Andrés, por sua vez, estava escorado no vidro, utilizando um casaco como travesseiro. Viajaram toda a noite, com apenas uma parada pelo caminho para um lanche, ir ao banheiro e abastecer o carro. Diego, no entanto, seguiu dormindo todo o tempo. Acordou apenas a alguns quilômetros da chegada a Bariloche quando, de longe, da estrada, era possível avistar a cidade turística. Fraco, faminto, porém melhor, se despediu cordialmente do casal de alemães, os agradeceu e convidou Clara e Andrés para um café da manhã antes de cada qual seguir seu destino.

– Yo pago.

Tomaram um café reforçado. Bacon, ovos mexidos, tostadas com manteiga. Um caminhão de lixo passou em frente à lanchonete. "Parece um mamute", comentou uma criança na mesa ao lado. Alguém gritou de dentro da cozinha. Um casal se beijava na mesa próxima à janela. A criança que imaginou mamutes em caminhões de lixo deixou virar um copo de suco e molhou o pai. Diego sorriu. Pensou no filho que não teve e que, provavelmente, nunca terá. O mundo já estava povoado demais. Embora gostasse da ideia de criar um filho seu, acreditava que não tinha o direito de povoar ainda mais este planeta já esgotado. Seria muito egoísmo dar vida a uma criança que, no futuro, certamente sofreria com todo tipo de crise humanitária. Fome, falta de água, guerras, aquecimento global, sem falar nos problemas econômicos, cada vez mais sérios, e na miséria galopante. Talvez, um dia, adotar uma criança, se sentisse que é capaz de educá-la bem. Mas entendia o argumento dos amigos que queriam proliferar seus genes sobre a Terra. Diziam eles que era preciso gerar crianças que seriam educadas para o bem, para equilibrar o mundo. "Argumento um tanto discutível", concluía Diego, por isso, lhe parecia bem mais simples pedir outra taça de café com leite para a atendente que acabara de passar pela sua mesa com um pano na mão, correndo, para acudir aquele pai e seu filho desastrado.

Perguntou para Andrés o que o casal vai fazer agora. O jovem argentino, que no final das contas se mostrou uma pessoa de bom coração, disse que iriam para a casa de um tio, nas montanhas.

– En general, nos gusta acampar en el terreno que se encuentra en el fondo de la casa pero como estamos en primavera, y sigue haciendo frío, nos quedaremos en la casa. ¿Y vos? – pergunta Andrés.

Diego ficou em silêncio, olhou para o café que acabou de ser colocado sobre a mesa. Antes de responder, virou um pouco de leite na xícara e observou a mistura do branco e do preto acontecer gradativamente. Só então disse que vai ficar por ali uns dois dias, para descansar, se recuperar, se alimentar bem, dormir numa cama de hotel, até seguir viagem para El Calafate. Sabe que são dois ou três dias de carro até lá. Mas não tem mais carro. Por isso, tem como opções locar um auto, ir de ônibus ou, até, desistir da viagem pingada e pegar, logo, um voo direto. Quem sabe ir direto para o Ushuaia. Talvez já tenha adiado demais o encontro com o seu irmão. Comentou que o roubo do carro pode ter sido um aviso de que está na hora de encarar de vez o passado ou desistir de tudo e voltar para casa. Brincando, disse que deixou uma trilha de bitucas de Marlboro para achar o caminho de volta. No entanto, estava se sentindo mais forte, inclusive as comichões no braço esquerdo desapareceram, o que poderia ser um sinal de melhora. Talvez fosse mesmo, apenas, algo psicológico, que ele precisava colocar para fora. Talvez chorar, na noite passada, naquele galpão, naquela tempestade, tenha servido para isso. Lembrou-se que precisava agradecer aos dois por terem cuidado dele. E chegou à conclusão de que o fim do mundo é um bom lugar para encerrar ciclos e recomeçar novos. Ou seja, tudo parece estar se encaminhando para uma resolução final. Que bom, no fim, tudo dá certo. Sorriu ao perceber que um estranho sentimento de otimismo inundara seu coração. Foi quando desviou o olhar de Andrés e Clara e, na parede da lanchonete, viu um quadro que reproduzia a famosa imagem do artista uruguaio Torres Garcia. A América de cabeça para baixo. Apontou para o quadro e perguntou se conheciam. Tanto Andrés como Clara olharam para trás, viram a reprodução da famosa pintura e responderam que não sabiam do que se tratava, mas que gostaram da ideia de inverter a perspectiva do mapa da América do Sul, colocando-o de ponta cabeça. Afinal, comentou Andrés, se o mundo está flutuando no vazio, não existe norte ou sul. – No és verdad? Diego sorriu, satisfeito com a dedução do garoto. Olhou novamente para o quadro e complementou que Joaquín Torres Garcia, o pintor moderno mais importante do Uruguai, não era, contudo, um homem político, um revolucionário ou um simples contestador. Era, sim, um homem dedicado à filosofia, um metafísico, que quis provocar um pensamento desconstrutivo sobre a nossa condição inferiorizada perante a Europa e os Estados Unidos. Condição esta que está reproduzida até no mapa-múndi, não por acaso, desenhado por eles. Aliás, antes dos europeus, os árabes já desenhavam o mapa-múndi ao contrário. – Vocês sabiam? Sem esperar a resposta dos argentinos, Diego seguiu com sua explicação e disse que, quando Garcia pintou esse quadro, ele declarou que "no debe haber norte, para nosotros, sino por oposición a nuestro sur. Por eso ahora ponemos el mapa al revés, y entonces ya tenemos justa idea de nuestra posición, y no como quieren en el resto del mundo. La punta de América, desde ahora, prolongándose, señala insistentemente el sur, nuestro norte". Nos dias de hoje, certamente esse quadro e esse discurso ganhariam contornos políticos e, até, revolucionários. No caso, Diego estaria indo para o norte, e não para o sul, como se desenha em todos os mapas-múndi que representam a Terra desde a hegemonia europeia. Diego falava em espanhol, interpretando fielmente o texto escrito pelo próprio Torres Garcia. Andrés e Clara ficaram embasbacados com a atuação do brasileiro. Então, Diego sorriu novamente e confessou que, além de criador de cavalos criolos, pecuarista e plantador de soja, foi professor de História e é, também, ator. O que menos faz é criar cavalos e, possivelmente, ser ator é o que melhor o define. Andrés e Clara se olharam surpresos. Mas surpreso, mesmo, ficou Diego com o comentário de Andrés.

– Qué interessante, un historiador, que se aferra a los hechos y trata de reconstruir la verdade del passado y un actor, que basicamente tiene la mentira como base de su trabajo, en la misma persona.

Congelado de boca aberta, sem reação diante dessa constatação do jovem argentino, Diego decidiu seguir com seu relato acerca de Torres Garcia. Não sem antes prometer a si próprio, mentalmente, que, num momento mais apropriado, deveria refletir sobre o que Andrés acabara de falar. E é assim, com as ideias um tanto embaralhadas, que Diego concluiu sua história de quando estava retomando a carreira de ator, muitos anos atrás, e interpretou Torres Garcia para um especial sobre o pintor feito para uma televisão do Rio Grande do Sul. Nunca mais se esqueceu daquela fala. Dito isso, chamou a conta. Estava ainda fraco e precisava achar um hotel e dormir. Estava moído pela viagem naquele Citröen apertado, pela voz alta e insistente daquele alemão e pela alta febre que o acompanhou por boa parte da viagem. Conta paga, do lado de fora da lanchonete, se despediram. Diego ganhou, de Clara, um beijo no rosto e, de Andrés, um abraço. Já os argentinos, um emocionante agradecimento, reiterado, por terem cuidado dele. Antes de seguirem seu caminho, os futuros médicos contaram a Diego que aquela febre teve, sim, cara de ser emocional, pois, como veio, foi. Portanto, provavelmente, haveria ainda muita dor e angústia para colocar para fora. Cedo ou tarde, esses monstros precisariam ser encarados de frente. Dito isso, deram-se um novo abraço, dessa vez coletivo, e cada qual seguiu seu rumo. Diego em direção ao centro da pequena cidade, e o casal para a parada de ônibus que havia ali perto, onde esperariam o transporte para as montanhas.

Depois de entrar em alguns três ou quatro hotéis, finalmente Diego achou um que lhe agradou. E agradou o seu bolso. Os demais ou eram muito caros, ou estavam sem vagas ou, um ao menos, era uma espelunca. Esse último hotel, no entanto, valia a pena – segundo o julgamento de Diego. Uma vez instalado, tomou um banho e se jogou na cama, pelado. Hotéis lhe excitavam. Então, passou a se lembrar de Clara e se masturbou, imaginando a garota de Andrés nua, naquela cama, sentada sobre o seu corpo. Logo gozou e, ao chegar ao fim, se sentiu envergonhado por pensar na namorada de Andrés daquela forma, sexualmente. A culpa cristã de Diego, no entanto, durou pouco. Em segundos, apagou, relaxado, e dormiu por horas.

Ao acordar, no dia seguinte, desceu para tomar café. Mas era tarde, e o desayuno já havia acabado. Então, saiu para caminhar pelo centro da cidade. Procurava um lugar para comer algo e descobrir qual seria a melhor forma de ir para Ushuaia. Estava quase decidido a ir de avião. Sentia que a hesitação em encontrar o irmão havia se dissipado. Agora, cada vez mais, lembrava-se de Arthur com carinho e, aos poucos, perdia o receio de encontrá-lo, encará-lo e construir essa ponte necessária para vencer os inúmeros anos de separação entre os dois. "Ponte", repetiu Diego, mentalmente, e sorriu irônico por lembrar o *slogan* do governo que assumiu o Brasil por meio de um golpe institucional. Uma ponte para o futuro. Ainda vamos sentir saudades dessa pinguela, caso a extrema direita vença as eleições – falou Diego, retomando o hábito de conversar consigo em voz alta. Voltou a se concentrar no irmão. Sempre foram bons amigos, embora não tão próximos como se espera que dois irmãos sejam. Se davam relativamente bem, apesar da diferença de idade. Diego sempre acreditou que o jeitão do pai tinha sido significativo para esse distanciamento afetivo entre eles. Embora amável e educado, o pai sempre foi um homem frio e distante, não dado a afetos exagerados. Parece algo contraditório, mas não é. A amabilidade do pai estava presente no seu jeito de falar, na atenção à família e, até, numa certa resignação que, inclusive, lhe conferia um ar quase nobre, embora relativamente distante. Portanto, se para alguns, a amabilidade do velho contrastava com a sua frieza e seu distanciamento, para Diego, ao contrário, uma característica complementava as outras e o definiam perfeitamente bem. O distanciamento, e a frieza também, por que não, demonstravam um certo respeito pela vida dos demais. O pai era um homem que não invadia privacidades. Não ficava em cima dos filhos, da mulher nem da Ângela, controlando-os ou mesmo fazendo parecer que os controlava. Ao mesmo tempo, não precisava, ou nem conseguia, encher os filhos e a esposa de beijos e abraços. Justamente por isso, nos raros momentos quando o fazia, o gesto de afeto, fosse qual fosse, ganhava uma dimensão enorme. Difícil entender? Pode ser. Para Diego e Arthur também era. Às vezes. Outras não. O fato é que, pelo bem ou pelo mal, essas característica do pai o aproximaram mais da mãe, das tias, de Ângela e das amigas e primas da mãe. Sentia-se melhor entre as mulheres do que entre os homens, com seus assuntos de futebol, mulheres, tragos e carros. Gostava de conversar com os peões da fazenda quando o assunto era cavalos, mas percebia que o papo começava assim e terminava nas chinas. Ou no futebol. Com as mulheres, não. Com elas os temas se ampliavam, as conversas variavam, e o mundo parecia mais colorido e complexo. Já Arthur, não. Ele sempre foi mais próximo do pai e, por causa disso, foi também forjado mais duro, mais rude e frio nas relações. Era um bruto, essa é a verdade. Mas um bruto que poderia ser polido. E foi o que ocorreu durante o tempo que esteve na universidade. Cursou geologia e biologia paralelamente e, assim, descobriu um ambiente totalmente diferente daquele da fazenda. Nos dois cursos, os colegas da faculdade vestiam calças jeans rasgadas, camisas indianas soltas por cima das calças e cabelos compridos. Um ambiente que também consumia uma quantidade absurda de maconha. "Só assim para passar horas analisando uma pedra", brincava Diego. Arthur começou a fumar, viajar com os colegas e professores para as saídas de campo e, aos poucos, seus valores e a forma de perceber a vida também foram mudando. Não sem uma intensa luta interna na qual precisou ponderar os valores apreendidos do pai e os novos questionamentos sobre uma nova realidade, que surgiram com os amigos e professores na faculdade. "Comunistas", exclamava o pai. Mas, não teve jeito, aos poucos ficou transparente a todos que Arthur estava mudando de opinião sobre muitas coisas. Aos poucos foi deixando de ser o braço direito do pai na fazenda para se tornar um crítico ferrenho quanto ao uso de agrotóxicos – sim, Arthur também –, às técnicas de manipulação do solo e até à doma praticada nos cavalos. Assim, gradativamente, foi se afastando da família na mesma intensidade e velocidade que aumentavam as divergências entre eles. As disputas com o pai respingaram também entre eles dois, pois Arthur passou a cobrar maior envolvimento de Diego na fazenda. Dizia que ele havia feito o suficiente e que, agora, era a vez de Diego. É bem verdade que Arthur retardou muitas coisas da sua vida pessoal em função do pai, da fazenda e da família. Mas aquele era o seu destino. Ao menos era o que parecia ser. Diego nunca havia se questionado antes se o irmão era feliz de fato. Isso nem passava pela sua cabeça. Para Diego, o irmão havia nascido para cavalgar, como um *cowboy*, tocando o rebanho e dando ordens aos demais peões da fazenda. Seria o herdeiro natural daquilo tudo. Aquele papel de ovelha negra cabia somente a ele, Diego. Não ao irmão. Mas a vida não dá voltas, ela capota. Só assim para explicar a mudança radical que ocorreu com Arthur a partir de quando começou a estudar e, claro, se apaixonar por uma colega da geologia. E não quero, com isso, colocar a culpa na menina. A história da humanidade já está saturada de Yoko Ono(s) queimadas em fogueiras como bruxas, e Arthur, ora, já era homem feito. Se os Beatles fossem tão suscetíveis à influência de uma única mulher, não teriam se tornado mais famosos que Jesus Cristo. Já Arthur, é só olhar para trás, com o devido distanciamento, para se dar conta de que ia chegar a hora de ele bater asas. Apenas demorou um pouco porque cada um tem seu tempo de despertar. Diego, nessa época, já estava realizando diversos trabalhos como ator, por isso viajava e permanecia bastante tempo no Rio. É bem possível que isso, sim, tenha contribuído para com a transformação de Arthur, que via o irmão mais jovem ganhando o mundo enquanto ele permanecia lá, embretado na fazenda tal qual o gado que conduzia para o abate. Coincidência ou não, foi bem nessa época que Arthur começou a se emancipar daquela vida sertaneja e viajar mais assiduamente com a nova e desconhecida, namorada. Isso mesmo, desconhecida. Ele nunca a apresentou para a família, o que, naturalmente, ajuda a explicar por que a família passou a responsabilizá-la pela transformação do filho. E que transformação. Arthur parecia um adolescente tardio, num permanente enfrentamento ideológico com os velhos. Assim, quando a coisa toda esquentava demais, ele pegava suas coisas, metia na mochila e sumia. Às vezes ficava uma semana fora. Depois passou a ficar um mês. Até que começou a ser comum ficar vários meses. No entanto, sempre ficava próximo de Campo Grande, geralmente em alguma comunidade *hippie* ou instituto de permacultura e, quando voltava desses isolamentos, questionava ainda mais o uso de agrotóxicos nas plantações e até a criação e o consumo de carne de gado, segundo ele, responsável pelo aquecimento global. O pai, coitado, não conseguia entender o que estava acontecendo com o filho, muito menos qual era a relação dos seus bois com o buraco na camada de ozônio. Se era difícil para Diego compreender toda essa mudança de Arthur, imagina para o velho, que sempre teve no filho mais velho o seu braço direito e herdeiro natural da fazenda.

– É a merda da vaca que vai acabar com o planeta – dizia Arthur.

O pai ficava puto, as discussões entre eles aumentavam, e Diego evitava tomar partido. Embora concordasse com Arthur, internamente, achava que o irmão era muito rude com os pais, já bastante envelhecidos. "Tu não percebe que está tarde demais pra assumir esse personagem de filho rebelde?", gritou para o irmão, uma vez. Para tentar compensar o desgosto dos pais, naquela época, Diego até maneirou sua participação nos movimentos ecológicos. Dois filhos batendo de frente com o pai, ao mesmo tempo, seria um exagero desnecessário. Foi quando a namorada de Arthur acabou com o relacionamento. Ao menos, é o que todos deduziram, pois ele nunca se abriu com ninguém. Mas não era preciso, estava nítido que algo assim havia acontecido. Arthur ficou arrasado. Mal se alimentava, emagreceu muito, quase não saía do quarto e passou a beber quase todos os dias. Isso se estendeu por meses até que, um dia, do nada, avisou a família que estava partindo. A reação de todos ficou entre a incredulidade e a surpresa. Mas ninguém nem imaginava que, entre uma garrafa e outra de uísque, Arthur estava negociando seu ingresso na National Geographic. Não se sabe como ele fez, o que ele disse, mas não precisou muito tempo para ele ser aceito a integrar o núcleo da Terra do Fogo. E foi de cara limpa – sóbrio e barba feita – que Arthur comunicou a todos o seu autoexílio. Rompeu com a família, foi embora e nunca mais voltou. Apesar da tristeza por conta do fim do namoro, das brigas ideológicas em casa e das eternas promessas de desaparecer do mapa, ninguém nunca desconfiara que isso, realmente, pudesse acontecer um dia. Ao contrário,

Arthur até demonstrava uma certa melhora. Estava fazendo terapia e levando a sério o tratamento. A tendência era ele se acalmar, não? Parece que não. Sem aviso prévio, um dia ele se foi e não voltou nunca mais.

Diego interrompeu a própria digressão familiar quando, em frente a uma vitrine dessas lojas de equipamentos de aventura, viu uma câmera fotográfica. Pensou no pôr do sol da noite anterior, lembrou-se do homem do trator adaptado que o ajudou com a gasolina e chegou à conclusão de que gostaria de ter registrado apropriadamente aqueles momentos. Se tivesse uma câmera, poderia ter congelado todos aqueles instantes. Então, lembrou-se de quando era adolescente e comprou uma câmera profissional com as economias que havia feito durante meses de trabalho para um Especial da Globo. O cachê para um ator júnior do segundo escalão não era grande coisa, mas também não ganhava mal. Uma câmera dava para comprar. Economizou e, em pouco tempo, juntou a quantia suficiente para comprar uma Nikon, duas lentes e um *flash*. Não sabia como fotografar, não sabia nem que existia uma regulagem a fazer antes de cada clique. Gostava da ideia de segurar aquela câmera na mão e apontá-la para um objetivo a ser registrado, como se a câmera fosse uma arma e ele um caçador de memórias, à espera do tiro perfeito. Um disparo sem sangue, sem dor, sem morte. Então, na esquina do hotel que a Globo o hospedava quando estava no Rio a trabalho, existia um estúdio fotográfico, desses de casamentos, fotos 3x4, retratos. Foi até lá e perguntou como aquela câmera funcionava. Teve vergonha de dizer que havia comprado uma câmera profissional sem ao menos saber como ela funcionava e contou uma pequena mentira que o protegeu daquele constrangimento. Disse que havia ganhado a câmera de presente. Então, o fotógrafo e proprietário daquele estúdio, pacientemente, lhe ensinou o básico. Abertura, velocidade, ISO. Para fotografar era preciso relacionar todos aqueles elementos eletrônicos e químicos com outros tantos elementos físicos e, claro, de nada adiantaria o domínio técnico se ele não tivesse sensibilidade artística. Sensibilidade não faltava, apenas estava represada e até era importante que viesse para fora. Mas era preciso dominar a técnica e aprender sobre tipos de filmes, regulagens do diafragma e da velocidade de captura. Enfim, era bastante coisa para explicar – lhe disse o senhor da loja – e ser compreendida assim, rapidamente, numa conversa de meia hora, de pé, no balcão da loja. O melhor a fazer – complementou o fotógrafo experiente – era Diego comprar vários filmes e sair fotografando. Praticar. E anotar o tipo de filme usado, a velocidade e o diafragma ajustados para cada fotografia, pois assim, depois de revelados os filmes e ampliadas as fotos, ele poderia analisar o resultado no papel e tentar entender o que fizera de certo ou errado. Foi o que Diego passou a fazer. Durante meses gastou pequenas fortunas – para ele eram pequenas fortunas – em filmes e revelações, a fim de aprender a fotografar. Aos poucos percebeu que tinha, sim, um olhar sensível sobre os temas fotografados. Mas foi além, fez alguns cursos para se qualificar e, com o tempo, até uma exposição das suas fotos ele organizou.

Vários artistas ligados à Globo, com quem trabalhava e que gostavam dele, compareceram e ajudaram na divulgação. Chegou a ganhar elogios em algumas críticas fotográficas em jornais e revistas. Tinha apenas quinze anos de idade e já chamava a atenção pela maturidade da sua exposição. Aprender a fotografar é reaprender a enxergar – esse era o título da sua primeira exposição. Nas paredes daquele pequeno espaço cultural, localizado nos fundos de uma livraria em Copacabana, havia imagens ampliadas e emolduradas que demonstravam o processo de domínio de Diego sobre a técnica da fotografia. Por meio delas, era possível perceber aquilo que ele chamou de "uma certa poesia do erro". Ele era apenas um adolescente, mas já surpreendia por sua percepção do mundo e, mais que isso, sua capacidade em refletir sobre o ato fotográfico. Relembrando tudo isso, Diego se perguntou por que, cargas d'água, parou de fotografar. Com a passagem do analógico para o digital, numa mesma época quando estava trabalhando muito em uma série filmada no interior do nordeste, Diego lembrou-se que não mais se interessou por comprar uma nova câmera, e aos poucos, foi perdendo o hábito. "Fogo de palha", diria o pai. Mas hoje, em frente àquela vitrine e àquela câmera Canon 7D nova e acessível ao seu bolso, decidiu que era o momento de retomar esse hábito. Entrou na loja e, em apenas dez minutos de muita decisão, saiu de lá com aquela 7D e uma lente 16-135 milímetros.

Diego comeu um assado de ovelha com batatas num restaurante do centro de Bariloche enquanto manuseava a câmera nova e folheava o manual. Então percebeu que estava cada vez mais difícil distinguir as letras. De repente, sua visão ficou turva, o braço dormente, e o coração disparou. Uma sensação de que algo muito ruim iria acontecer tomou conta dele. Parecia que ia morrer a qualquer instante. Que cairia duro ali mesmo, no meio do restaurante. Logo agora que estava feliz com a decisão de voltar a fotografar. E assim Diego foi construindo, mentalmente, toda uma narrativa particular que o levava a acreditar que era preciso sair correndo daquele lugar, que as pessoas estavam olhando para ele e percebendo que estava muito mal, quase a ponto de sofrer um infarto e morrer. Não queria que as pessoas o vissem morrer. O murmúrio do restaurante tornava-se um som distante e abafado do qual, volta e meia, sobressaía alguma risada mais grave. Estão rindo dele, claro. "Ninguém vai me ajudar? Eu estou morrendo e eles riem de mim". Teve a ideia de ir ao banheiro, precisava lavar o rosto. Passou a suar frio, vertendo água pela testa, as pernas perderam a força e, então, ao tentar se levantar, tudo ficou preto, e ele perdeu os sentidos.

Quando abriu os olhos, Diego não reconheceu o lugar onde estava. Ao acordar, deitado numa maca, demorou um tempo para perceber que era um hospital. Um médico se aproximou dele, disse que tudo estava certo. Fizeram alguns exames, que não apontaram nada de anormal, provavelmente era uma crise de ansiedade. Mesmo assim, deveriam fazer uma ressonância, pois os sintomas não eram de infarto e seria bom descartar qualquer outro possível problema. Também era necessário realizar esse exame, pois ele bateu a cabeça ao desmaiar. Era bom ter certeza de que a pancada não representaria nenhum perigo extra. Para isso, precisariam dele acordado. Diego concordou, e, em poucos instantes, aplicaram nele um acesso para injetar o contraste necessário para o exame e o levaram, de maca, até a sala onde estava a máquina de ressonância magnética. Diego relembrou do cemitério onde os pais foram enterrados, ficou ansioso, o coração disparou, e precisou controlar a respiração para não surtar de vez ao ser introduzido naquele tubo estreito que recebia todo o seu corpo por completo. Imaginou-se entrando em um túmulo e precisou se esforçar muito para não surtar. Nada fácil. Mas ele conseguiu se controlar, e o exame avançou. Diego fez exatamente o que os médicos lhe pediram. Respirou fundo, segurou a respiração, soltava, voltava a respirar fundo e não se mexia. Nessas situações, a gente sempre pensa o pior e, na cabeça de Diego, a vida passava em retrospectiva. E se tivesse um tumor? Qual o significado disso tudo? Seria muita ironia do destino ele descobrir um câncer agora, quando está prestes a finalmente reencontrar Arthur. Respirou fundo mais uma vez, segurou o ar, soltou o ar. Não se mexia. A tortura durou, aproximadamente, quarenta minutos e, ao terminar, enfim, o tiraram de dentro daquela máquina e o deixaram descansar, numa maca, no ambulatório. Esgotado, Diego dormiu. Sonhou até. Quando acordou, era noite, e os médicos chegaram com o laudo. Não havia nada, Diego estava sofrendo mesmo de crises de ansiedade. Crisis de Pánico, para ser exato no diagnóstico – e no sotaque usado pelo médico. Menos mal. Mas precisaria de um acompanhamento psicológico.

Foi assim que Diego conheceu a Dra. Maria. Uma mulher muito bonita, magra, pequena, cabelos negros compridos e lisos, pele morena, olhos escuros, tão negros que pareciam duas jabuticabas. Diego ficou tão encantado pela beleza daquela mestiça que, por um instante, mal conseguiu prestar atenção no que ela dizia. E o que ela dizia era bem sério. Maria queria ajudá-lo de alguma forma, mas, devido à situação de trânsito do rapaz, não havia muito o que fazer. Diego se sentou na maca, com o auxílio da doutora, e seguiram com a conversa.

– Pues bien, los síntomas, al parecer, son de ansiedad. La tonalidad, el brazo doloroso, la punta de los dedos, la sensación de que va a desmayarse o algo malo le va a suceder.

Diego concordou com a cabeça. Ela continuou:

– Y debilidad en las piernas?

Diego acenou que sim com a cabeça. Maria seguiu:

– Tienes sí síntomas de ansiedad. Estoy segura que no es un gran problema, pero se cura con terapia y tiempo. Algunos más, otros menos. Y tú está de viaje, cierto? Yo también me voy mañana. Por eso, no puedo hacer mucho sin el tiempo necesario para una terapia de verdad. Puedo darte algo para la ansiedad, se quieres, pero tienes que consultar con un profesional cuando regreses a Brasil.

Diego, no entanto, disse que não precisava remédio ou terapia. Dito isso, se levantou e perguntou se podia ir embora. Estava melhor. Maria apenas concordou gestualmente. Diego levantou, agradeceu o atendimento e saiu da sala acompanhado pelo olhar preocupado da psiquiatra. No centro da cidade, ele entrou no hotel e foi direto para sua habitación. Abriu a cortina que cobria a janela, até então intocada por ele, e percebeu a vista do quarto, que dava para um belo lago rodeado por montanhas cobertas por gelo. A lua cheia iluminava a paisagem, refletia sua luz no gelo sobre as montanhas e na água parada do lago. Por causa disso, a noite estava bastante iluminada. Lembrou-se de Andrés e Clara, que agora deviam estar transando naquela cabana nas montanhas, em meio à floresta. "Jovens", pensou alto. Em Bariloche, é perceptível, o frio já é bem mais intenso. Estava cada vez mais ao sul da América do Sul. Diego se escorou sobre o parapeito da janela e respirou fundo, pegou um cigarro e quase o acendeu. Pensou bem e desistiu. Colocou o cigarro de volta no maço e se deitou na cama, ainda vestido com as roupas da rua. Lembrou-se de Maria. Chegou a se tocar, excitado pela lembrança da médica. Imaginou ela só de jaleco, sentada no seu colo. Mas estava cansado demais e desistiu. Rapidamente dormiu, com a mão por baixo da calça entreaberta.

No dia seguinte, acordou cedo com o sol que iluminava o seu rosto e invadia o quarto pela mesma janela aberta por onde entrava, também, o ar gelado da noite de Bariloche. "Por isso a sensação de frio", pensou.

Levantou, fechou a janela, foi até o banheiro, abriu o chuveiro e esperou a água aquecer enquanto se olhava no espelho. A barba estava ainda maior. Era possível perceber alguns fios brancos, mas, em meio à quantidade de pelos que havia naquele rosto, o que verdadeiramente chamava a atenção eram seus olhos azuis. O vapor quente, que vinha do box, aos poucos foi cobrindo o espelho. Lembrou-se das crises de pânico que sofreu na noite passada, quando a visão ficou turva, as pernas moles e o coração parecia querer sair pela boca. Fechou os olhos, tentando apagar aquela lembrança. Ao abri-los novamente, já não se via plenamente. O vapor, grudado no espelho do banheiro, embaçou seu rosto. Antes pudesse embaçar sua memória, seria mais produtivo. Então, foi para o banho, longo e demorado, algo tão raro para Diego quanto tomar banho pela manhã. Mas precisava se aquecer depois de dormir toda a noite descoberto e com a janela aberta.

Já vestido, cabelo ainda molhado, Diego desceu para o restaurante. Dessa vez estava no horário para aproveitar aquele café da manhã do hotel, sempre uma experiência gastronômica intensa e variada. Lentamente, provou o tradicional doce de leite da Argentina, passou pelas media lunas e terminou com um sanduíche de queijo e presunto feito em um pão baguete de casca crocante. Parecia coisa de alemão, diriam alguns, ao perceber que Diego começava com os doces para terminar com os salgados. As pessoas normais – já haviam dito isso a ele – fazem o contrário, comem antes as coisas salgadas para então terminar com os doces. Ok, mas Diego não é normal.

Seja lá qual for o conceito de normal. O que ocorre, para ele, é que os doces abriam o apetite para os salgados, pois não gostava muito da sensação açucarada na boca e, então, se sentia atraído pelo sal. E, convenhamos, as comidas salgadas são mais intensas, complexas, saborosas e, justamente, servem para romper com o gosto enjoativo que permanece em sua boca depois de comer doces. Mas, chega de comer – doces ou salgados – e divagar. Diego se levantou da mesa, subiu para o quarto, escovou os dentes e tentou mais uma ligação para o irmão. Nada. Então desceu para a rua. Objetivo: ir à uma agência de viagens para comprar uma passagem aérea para Ushuaia. Decidiu fazer aquilo de uma vez. Não tem mais por que esperar para encontrar Arthur. E, depois, embora agora esteja bem calmo e tranquilo, tem medo de ter outra daquelas crises na estrada. Já pensou? Justamente nesse trecho da Ruta 40, onde não tem nada nem ninguém? Melhor chegar logo. Se achar o irmão, legal. Se não o achar, está na hora de voltar para casa, procurar um psiquiatra, fazer terapia, se medicar, se cuidar e entender isso tudo que está acontecendo, provavelmente decorrente do trauma de perder os pais daquela forma, praticamente ao mesmo tempo. Também encaminhar a venda da fazenda, se isso for possível ou, ao menos, arrendá-la. E planejar um ano sabático – ao menos um ano – pela América Latina. As pesquisas, no Brasil, davam por certa a vitória do candidato de extrema direita. Diego não tinha mais ninguém. Os pais mortos, irmão perdido, radicais fascistas no poder. Até a namorada, que poderia ser um motivo para ficar no Brasil, terminou com ele alguns meses atrás, certamente contribuindo ainda mais com essa Síndrome do Pânico que apareceu do nada e sem avisar. Enfim, Diego sabia que havia caído. Caído não, despencado em um buraco sem fim. E toda vez que achava ter, finalmente, alcançado o fundo, percebia que ainda havia muito a cair. Não era de se admirar que estivesse com pânico, afinal, como passar ileso por tudo aquilo? Apesar de tudo, a sensação de morte iminente ainda lhe parecia uma das piores experiências por ele vivenciadas. Precisava se curar disso, dar a volta por cima, mudar de ares. Então, terminou o café, subiu para o quarto, escovou os dentes. Foi até o telefone e ligou para o número daquele postal surrado que carregava sempre no bolso da jaqueta. Não teve sucesso. Novamente, a ligação não completou. Desistiu. Vestiu a jaqueta de couro, o cachecol e saiu do quarto. Na rua, caminhava por entre turistas de todo o mundo. Escutava muitos idiomas diferentes. O espanhol, claro, mas também muito inglês, francês, italiano, alemão. Ele se virava bem em quase todos, menos o alemão, que para Diego era uma incógnita. Parou em frente a uma loja, olhou a vitrine e decidiu entrar para comprar algumas roupas mais quentes. Enquanto escolhia alguns agasalhos térmicos, percebeu que algo não estava legal. Novamente. Perguntou-se onde estaria a câmera que havia comprado no dia anterior. Havia esquecido completamente. Percebeu que estava ficando tonto. Tentou respirar pausadamente, convencer a si mesmo que não era nada. Agora já sabia do que se tratava, sabia que nada ia lhe acontecer e que, logo, a crise passaria. Mas tratava-se de uma luta inglória. Olhou para os lados e teve, novamente, a impressão de que as pessoas estavam a observá-lo. O que não deixava de ser verdade. Dessa vez, felizmente, não chegou a desmaiar, mas precisava se sentar mesmo assim. Uma atendente perguntou se ele estava bem. Era nítido que não. Então ela buscou um copo de água. Nunca vou entender qual é o poder da água para situações assim. Na falta do que fazer, as pessoas sempre oferecem água para alguém que está passando mal. Às vezes, água com açúcar. Seria isso algo realmente eficaz ou é apenas uma forma de as pessoas se sentirem úteis e atenciosas em uma situação a qual não têm, mesmo, nada o que se possa fazer além de chamar o SAMU e esperar? Haveria SAMU na Argentina? Pode ser que sim, afinal, a sua origem está na França. Foi importada de lá para o Brasil. Talvez os hermanos tenham feito o mesmo. A água não ajudou, claro. Sentiu medo de morrer. Lembrou-se do remédio que a doutora Maria quis lhe dar e, por ser teimoso, negou. Seria uma bênção agora. Então, aos poucos, foi se acalmando e melhorando. A respiração foi voltando ao normal, o coração batendo mais lentamente, e a iminência de morte desaparecendo gradativamente. Um alívio para ele e para os demais, na loja, que estavam assustados com a cena. Uma vez restabelecido, Diego comprou um casaco térmico para protegê-lo do frio e, ao sair dali, decidiu ir até o hospital para reaver sua câmera. Se não a roubaram, certamente estaria lá. Além disso, queria ver a Dra. Maria para, humildemente, pedir aquele remédio que ela tanto lhe havia oferecido.

No hospital, novamente, Diego foi atendido pela psiquiatra, que estava vestida com uma roupa cinturada e colorida por baixo do jaleco branco e um tanto transparente. Quando a viu, ficou sem jeito, mas Maria levou na boa e fez até uma brincadeira – um chiste – conveniente e adequada o suficiente para quebrar o gelo. Dentro do consultório, ele estava sentado em frente a uma de mesa de ferro, pintada de branco, embora bastante descascada pela ação do tempo e do uso. Maria, de pé e de costas, mexeu num armário, também branco, também feito de ferro e também desgastado pelo tempo. Baixinha, precisava se esticar para, da última prateleira, retirar o medicamento. Enquanto a doutora procurava pelo Rivotril – um mal necessário, segundo ela – Diego admirava seu corpo, moldado por aquele guarda-pó branco, transparente e curto o suficiente para mostrar uma parte da bunda da doutora. "Linda", pensou Diego, enquanto fantasiava se levantar, se aproximar, pegá-la por trás, beijar seu pescoço, acariciar seus seios e – ainda mais intensamente – tocar seus mamilos enrijecidos, por baixo da blusa, enquanto ela se entregava e pedia, em espanhol, para ele tirar sua roupa. O transe foi tão profundo que era possível perceber Diego sorrindo levemente quando a fantasia foi abruptamente interrompida pela voz e pelo movimento de Maria, que se virou para ele com uma caixinha do tal Rivotril. Enrubescido e sem jeito, Diego desfez o sorriso maroto e fez cara de paisagem. Restabelecido, seu único movimento foi estender o braço para aceitar o remédio que Maria lhe alcançava sem nem ao menos imaginar que acabara de ser devorada pelo olhar e pela imaginação do brasileiro. Ela explicou como ele deveria usar. Disse para ele colocar um comprimido embaixo da língua sempre que percebesse que uma nova crise estivava para acontecer. Então, era só respirar pausadamente e esperar a crise passar. O efeito do remédio é bem rápido e eficaz. Mas, é para tentar evitá-lo ao máximo, ou seja, fazer uso do Rivotril apenas em situações realmente incontornáveis, pois além dos efeitos colaterais, é preciso cuidar para o seu cérebro não se acostumar com a solução fácil –, explicou a doutora. Diego, que dessa vez prestava atenção nela, concordou fazendo um singelo gesto de cabeça. Após um pequeno silêncio, no qual ela olhou para ele, e ele, agora de cabeça baixa, fixou o olhar para o remédio em sua mão, Maria perguntou o que, afinal, Diego fazia na Argentina. Se estava sozinho, a turismo ou trabalho. Ele explicou que estava ali para procurar o irmão que vive em Ushuaia. Contou que foi roubado, que estava sozinho, sim, e agora também a pé, já que tivera o carro furtado. Maria perguntou qual caminho ele pretendia fazer. Se estava indo para a Terra do Fogo de carro, do Brasil, não precisava ter desviado para a Ruta 40. Foi uma volta e tanto. Existiam formas mais rápidas de chegar lá. O mais indicado, talvez, fosse a Ruta 3, margeando o litoral. Então ele explicou que estava vindo do Mato Grosso do Sul. Maria deduziu que o brasileiro não estava muito à vontade para falar sobre os motivos da viagem e se calou. Deu um tempo importante para a conversa poder prosseguir. Então, após um silêncio um tanto prolongado, a doutora retomou a conversa dizendo que estava indo para El Calafate. Dali é um caminho possível para Ushuaia. São dois dias de carro e, embora conheça bem a região, não gostava da ideia de fazer a viagem sozinha. Quase sempre tem um parceiro, mas, dessa vez, a companhia precisou mudar os planos, e ela, infelizmente, não pôde adiar a sua partida. Iria sozinha. Estava com o carro lá fora, já preparado, com suas malas, esperando somente o fim do seu expediente para pegar a estrada. Se aceitasse, ela pretendia dar uma carona para ele em troca da companhia na viagem.

– Y, despúes, é mejor que quedar-se solo.

Sairá no lucro, até. Carona, companhia e uma médica – dessa vez, formada – que pode ajudá-lo no caso de outra crise. Diego riu. Maria riu. Diego aceitou.

– Bueno, tienes mochilas para ir a buscar?

– Si, una, pequeña.

– Dale. Te espero.

Diego estava saindo da sala para ir ao hotel pegar as poucas coisas que comprou após o roubo do seu carro, fazer o *check-out* e pagar a conta quando Maria o chamou para avisar que deveria passar na portaria e pegar a sua câmera fotográfica. Estava lá. Guardada. Diego agradeceu mais uma vez e bateu a porta do consultório, sem acreditar em como tudo deu tão certo.

À direita do carro, bem ao lado de Diego, que estava sentado no banco do carona, a Cordilheira dos Andes e suas neves eternas seguem presentes, acompanhando a viagem dos aventureiros que por ali passam. É final de tarde, o pôr do sol avermelhado reflete sobre o cume das montanhas e pinta de dourado a neve. Esse primeiro trecho da viagem ainda é feito sobre uma Ruta 40 asfaltada, que corre por entre montanhas verdejantes, contorna lagos e, por vezes, acompanha o fluxo natural de rios e córregos originários do degelo dos Andes. "Engraçado como a água sempre encontra o caminho mais fácil para seguir seu destino", pensou Diego. Maria comentou que é uma pena estarem iniciando o itinerário já prestes a anoitecer, pois essa parte da viagem é belíssima. Logo mais, aí sim, a estrada fará uma curva à esquerda, em direção ao interior da Patagônia, e deixará para trás as montanhas cobertas de vegetação. Bem como os últimos perímetros urbanos. É verdade que o traçado da Ruta 40 executa uma espécie de coreografia que, às vezes, a afasta da fronteira – e dos Andes – para, então, se reaproximar, num vai e vem que lembra uma dança de acasalamento de alguma espécie qualquer de pássaros. O bom de estarem viajando à noite, com menos trânsito de caminhões, é que assim eles podem aproveitar o trecho pavimentado para ganhar tempo até El Bolson. Lá, se acharem conveniente, podem dormir algumas horas em um hotel de beira de estrada, bem baratinho, mas confortável, que Maria conhece há muitos anos. Embora bem isolada, El Bolson ainda é uma cidade que conta com alguns confortos da vida urbana moderna. E é até engraçado falar isso, já que as pessoas que para lá viajam o fazem justamente para fugir das cidades e se conectarem com a natureza. A região é muito procurada por pessoas que curtem acampar, fazer trilhas pelas montanhas, aproveitar os lagos azuis para se banhar – no verão, é claro – ou os rios, cheios de corredeiras, para praticar o *rafting*. Depois, de fato, o asfalto os abandonará, as pequenas vilas estarão há horas de distância umas das outras, e o pouco de civilização que se encontrará pela frente – se é que assim se pode chamar – pertence às inúmeras estâncias que se sucedem ao longo da estrada. O clima agradável das montanhas será substituído pelas vegetação escassa, pelo clima seco do deserto patagônico e, claro, sempre acompanhado do vento gelado. Esse nunca vai embora. Da mesma forma, os Andes, que seguirão acompanhando a viagem, observando-os de longe como se as montanhas fossem uma espécie de deus onipresente. Pero eso, Diego debe haberlo notado hace mucho tempo. ¿Verdad?

Com a exceção de algumas pequenas vilas como Tecka, Facundo, Gobernador Costa ou El Maitén, não haverá mais onde parar. Nem para tomar um café sequer. Imagina o que isso significa para o turista desavisado, que faz esse trecho da viagem despreparado e tem seus pneus cortados pelo traiçoeiro rípio. A única salvação seriam os aventureiros que trafegam pela ruta com seus veículos *off-roads*. Há dez anos eram raríssimos, há vinte, praticamente inexistentes. Mas, agora, feliz ou infelizmente, são cada vez mais comuns. Por um lado, isso é bom, pois estimula a economia local de alguma forma, gera empregos e, claro, acaba servindo também como uma espécie de salvaguarda a esses turistas que se metem em apuros. Por outro lado, o ser humano estraga quase tudo o que toca. Não só aqui, mas em todo lugar do mundo o turismo, que deveria ser uma economia limpa, se transforma em mais um câncer da humanidade. Aqui ainda não ocorre um turismo de massa – es verdad. Ao mesmo tempo, por sorte, a maioria desses viajantes são pessoas conscientes quanto à importância de se preservar o meio ambiente. Mesmo assim, nesses últimos dez anos já é bastante perceptível o aumento de lixo descartado ao longo da estrada, os sítios arqueológicos depredados e, claro, o tráfego mais intenso que significa, consequentemente, mais poluição ambiental. É impressionante. Basta imaginar como será tudo isso quando jogarem asfalto sobre o rípio, e as agências de turismo poderem começar a ofertar pacotes de excursões por essa parte da Ruta 40. É só uma questão de tempo. O projeto para pavimentar a rodovia já existe e uma hora dessas sairá do papel.

Falando nisso, já faz um tempo que a estrada asfaltada ficou para trás e que Maria dirige sobre o rípio. A conversa, também já faz um tempo, deu espaço para um mate compartilhado em silêncio. Isso surpreendeu Diego, que se percebeu refletindo sobre o vento, tão forte ao ponto de penetrar qualquer fresta do carro e provocar um constante e irritante assobio. Além, claro, de algumas rajadas serem tão fortes ao ponto de desestabilizá-lo. Pensou em toda sua viagem até ali e nas caronas que pegou desde que teve sua caminhonete roubada. Sorriu ao visualizar as pessoas que por ele passaram. Por melhor ou pior que possa ter sido, cada encontro foi transformando-o um pouco. Até o gatuno que levou o seu carro lhe pareceu, agora, justificado. Se não fosse por aquele roubo, certamente não estaria cortando a Patagônia, agora, na companhia silenciosa de Maria. Pensou isso e olhou para o lado. Ela percebeu o movimento e perguntou se estava tudo bem. Diego apenas acenou positivamente com a cabeça e lhe alcançou uma cuia do mate recém-servido. Seguiram em silêncio, embalados pelo sacolejo do carro de Maria sobre as pedras, pela insistência do vento em penetrar a estrutura daquele veículo e, quem sabe, carregar os pensamentos de Diego rumo ao norte, rumo ao início daquela viagem. Percebeu que estava completamente à vontade naquele silêncio compartilhado com Maria. E que isso era raro. Para ele, geralmente, as relações necessitavam ser preenchidas por conversas. O silêncio apenas lhe convinha quando experimentado com pessoas muito próximas, com quem se sentisse muito à vontade para permanecer quieto sem que isso lhe significasse um constrangimento. Mesmo sozinho, verbalizava seus pensamentos com bastante frequência, para preencher o vazio do silêncio. Sabemos disso, afinal, nós o acompanhamos desde muito tempo. Já conhecemos o hábito de Diego conversar consigo, em voz alta. O que não sabemos – e que Diego nos revela apenas agora – é que isso lhe é conveniente, pois é uma forma de evitar a si mesmo. O silêncio, para Diego, é como um reflexo que sempre acaba por revelar algo. Mas, agora, se deu conta que está há horas – será que foi tanto assim? – naquele carro, com Maria, apenas viajando, tomando mate, olhando para as montanhas que, mesmo de noite se fazem visíveis, ou para o céu estrelado – e que céu – sem se sentir ameaçado ou desconfortável. E se surpreendeu ao constatar isso tudo.

Já havia passado da meia-noite quando chegaram a El Bolson. Como não estavam cansados, decidiram apenas parar para um lanche quente e seguir viagem. Diego aproveitou que estava na carona e pegou duas cervejas. Maria aproveitou para esquentar uma água e renovar o mate. Em menos de um hora estavam de volta à estrada para enfrentarem o trecho mais duro do trajeto que, se tivessem sorte e seguissem viajando sem parar, precisaria ainda de toda a noite e todo o dia seguinte para ser percorrido. Se assim fosse, provavelmente chegariam a El Calafate por volta das dez ou onze horas da noite. Estavam em dois. Se Diego fosse parceiro para revezar na direção, isso poderia ser viável. Então, combinaram que ele aproveitaria sua cervejinha, agora, e pegaria o volante mais na madrugada, para Maria descansar um pouco.

Maria aproveitou que haviam voltado a conversar para agradecer a Diego pela companhia. Para ela, era provincial contar com Diego como companheiro de viagem, mas – tinha que dizer – se ele tivesse optado por um voo, além de chegar mais rápido – claro – ainda teria tido a oportunidade de contemplar a beleza da Cordilheira lá do alto. Do norte para o sul, uma vez sentando do lado direito do avião, a visão das montanhas cobertas pela neve e pontuadas por inúmeros lagos azuis é sublime. Diego riu. Maria perguntou o motivo da graça. Então, Diego disse que tudo aquilo o fez lembrar de uma espécie de anedota – verídica – sobre as praias do Rio Grande do Sul, a província onde nasceu. Observou, Diego, que a beleza imponente das montanhas, em oposição à solitude resignada do deserto, não sabe por que, o fez pensar no litoral brasileiro em oposição ao litoral gaúcho. Isso porque a costa brasileira é tão linda que parecia ter sido desenhada no detalhe, com tal perfeição que, ao conhecê-la, é impossível não se apaixonar pelo Brasil. O povo e a cultura ajudam, é verdade, mas a natureza, no seu encontro das terras com as águas, é algo quase indescritível de tão belo. Desde a região norte do Brasil, com suas praias de rios, como aquelas da Ilha de Marajó, passando pelo nordeste e suas praias azuis, banhadas por um mar quente e um clima sempre agradável, descendo em direção ao Rio de Janeiro... Ah, o Rio! O que é a beleza incomparável do Rio de Janeiro? Impossível pousar no velho Santos Dumont, ao amanhecer, com o sol se erguendo de trás das montanhas e não desejar morar naquele lugar para todo o sempre. O título de Cidade Maravilhosa não é apenas marketing. O Rio é o paraíso que o homem destruiu. Exatamente como Maria havia descrito, há pouco, ao comentar sobre o aumento do turismo na Ruta 40. Mas sigamos. Porque, mais ao sul, o litoral norte de São Paulo ainda é bastante preservado e igualmente paradisíaco. Até o Paraná, geralmente sem muita graça, tem o seu cartão-postal litorâneo. A Ilha do Mel, que Diego conhecia bem e de onde guardava ótimas lembranças, não era de se desmerecer. Mas nada como Santa Catarina. Sublime, única, com suas inúmeras praias, para todos os gostos, cores e amores. Tão variadas que merecem até um clichê rimado. E, apesar das praias mais ao norte serem, também, mais quentes, Diego conta que tem uma preferência por aquelas ao sul, pois são entrecortadas por montanhas, formando enseadas tão paradisíacas que até compensam um friozinho mais rigoroso o qual, por lá, no inverno, às vezes até dá as caras. Mas, então, ao chegar em Torres, justamente na divisa de Santa Catarina com o Rio Grande do Sul, tudo muda. O litoral se transforma numa interminável faixa de areia marrom, banhada por um mar aberto e bravio, frio e escuro, invariavelmente varrido por um vento forte que afugenta até o mais corajoso – e teimoso – dos banhistas. É como se (d)Deus, exausto de ter produzido tanta beleza, chegasse ali e simplesmente passasse a mão. Está pronto. É sexta-feira e estou de saco cheio – teria dito esse (d)Deus, já de mau humor e louco por bater logo o ponto e ir para casa tomar uma cervejinha, sentado em frente à TV. Aos gaúchos, então, restou apenas um exótico prêmio de consolo. O título de "praia mais extensa do mundo". Ironicamente, é só chegar na fronteira com o Uruguai para que tudo mude novamente. Tudo bem, não voltamos mais à beleza nem ao clima de antes, mas – Diego concluiu sorrindo a primeira parte do seu raciocínio – imagino que nem de (d)Deus dê para esperar muita inspiração numa segunda-feira, não é não? E riu, já meio embalado pelo efeito da cerveja, reforçando o chiste – ou tentativa de – com um tapinha nas costas da Maria. Ela também riu. E seu sorriso iluminou tudo ao redor, fazendo com que ele se inspirasse ainda mais para seguir com sua história. Assim – Diego continuou – percebo que essa contradição brasileira também ocorre aqui, na Patagônia. Maria se mostrou curiosa e pediu para ele parar com o suspense e concluir de uma vez a comparação. Percebendo o interesse de Maria, Diego fez graça, enrolou, disse que perdeu a linha do raciocínio. E riu, muito. Os dois riram juntos. Finalmente, ele retomou com seriedade sua teoria e explicou que percebeu aquelas montanhas, lá no alto, tão sublimes ao ponto de realmente justificarem o vazio dali de baixo, onde passa a ruta. Como assim? – perguntou Maria. Percebendo que seu pensamento não ficou muito claro, Diego tentou esclarecer melhor sua teoria explicando que, devido à gigantesca beleza dos Andes, para a planície, onde estavam eles, realmente nada mais restava além de apenas permitir que o vento soprasse. Livre, de lá para cá, de cá para lá, mas sempre condicionado pelos limites impostos pelas montanhas. Contudo – Diego se exaltava um pouco e também levantava a voz – possivelmente, o vento não recebe isso com muita tranquilidade. Eu não receberia! – exclama – afinal, como não invejar toda aquela beleza – aponta para as montanhas, a sua direita – quando tu és invisível aos olhos do mundo? Ninguém nem ao menos enxerga o vento. Já as montanhas, é impossível não vê-las e admirá-las. Lá no fundinho, até o vento sabe disso, tadinho. Ou seja, sem qualquer exagero, trata-se de uma guerra inglória, travada ao longo do tempo, entre a perenidade das montanhas e a efemeridade do vento. Por isso, é até bastante compreensível que o vento tente subjugar toda e qualquer vegetação desse lugar, obrigando árvores, cactos e arbustos a se curvarem diante de sua força. É a única forma de ele se fazer presente. De chamar a atenção.

Silêncio. Um silêncio, inclusive, que permitiu ao vento se fazer ainda mais presente. Um silêncio que, de tão prolongado, até abalou a convicção ébria de Diego. Até que, não suportando mais o silêncio, e o suspense que o acompanhava, Diego riu ao comentar:

– No estás obligada, pero puedes comentar algo si quieres.

Maria riu com vontade antes de dizer que estava apenas pensando sobre o quanto aquilo tudo lhe parecera tão singelo e sensível. Bonito mesmo. Mas, mesmo assim, não perdeu a oportunidade de complementar sua observação com uma constatação, digamos, capciosa.

Entonces, ¿la playa más grande del mundo también es la más fea?

Os dois riram muito e não restou outra alternativa a Diego além de concordar com Maria. De fato, era uma praia feia. Mesmo assim, tal qual a própria Patagônia dominada pelo vento, também tinha sua beleza. Uma beleza introspectiva, quem sabe, que por poucos poderia ser, facilmente, percebida e admirada. Quem sabe, apesar do vento, uma beleza advinda do silêncio, pois Diego se deu conta de que gostava daquelas praias, mas preferia visitá-las no inverno, justamente quando estavam abandonadas à sua própria essência. No silêncio do inverno, quase como se tudo, e todos, estivessem hibernando e, então, aquele lugar pudesse, enfim, se revelar aos olhos daqueles que soubessem apreciar suas particularidades.

– Quer saber, talvez (d)Deus soubesse o que estava fazendo ao desenhar o litoral gaúcho – concluiu, falando em português.

– ¿No dicen que Dios escribe bien con líneas torcidas?

Os dois riram muito. Um riso prolongado e seguido de um novo silêncio que serviu para que Diego pudesse constatar que aquela mulher era muito mais que um corpo lindo. Com ela o papo fluía embalado pela graça e pela inteligência. Era muito bom. Ainda mais impressionante era o silêncio que, com ela, era leve e agradável. Silêncio que Maria rompeu ao apontar para a câmera de Diego, sobre o console, e perguntar se as fotos estavam ficando bonitas. Ele respondeu que sim, mas que precisava voltar a praticar, pois fazia tempo que não fotografava. Maria perguntou se sua escolha de não ir de avião direto até Ushuaia era para poder registrar a viagem. Ele respondeu que não, que decidiu comprar a câmera somente em Bariloche. A razão de ir de carro para o Fim do Mundo tinha mais a ver com o tempo dele. Precisava de tempo para pensar o que falar ao ver o irmão, ao encontrá-lo. Maria fez um sinal para Diego desenvolver – como asi? –, então, após um suspiro, ele disse que estava levando uns documentos para o irmão assinar. Estava mesmo, pois também foram roubados com a caminhonete. Maria perguntou por que seguir viagem, se não havia mais os documentos para o irmão assinar. Diego admitiu que não sabia a resposta, apenas estava indo e, uma vez que já chegou até ali, por que voltar? É como se houvesse um imã puxando-o para o sul. Algo que era mais forte que ele. Mas, ao mesmo tempo que seguia viajando, se percebia adiando a chegada.

– Que prato cheio para uma boa análise, não? – Pergunta Diego, em portunhol, à Maria. – Sigo, nunca llego, pero também não volto, no vuelvo. Tal vez solo quiero fugir... huir.

– De qué? – pergunta Maria.

– Del pasado – responde Diego.

– Cual pasado? – insiste Maria.

Diego perguntou se ela estava fazendo uma sessão com ele, agora, naquele carro, àquela hora da madrugada.

Mas não a deixou responder e, logo, emendou uma pergunta, concluindo que a única forma de não responder às questões da doutora era ele dominando a pauta da conversa. Apesar da sintonia entre eles, ainda era cedo para contar coisas que nem bem a si mesmo Diego falava.

– Y vos, por qué estás indo hasta El Calafate?

Maria contou que o pai vivia lá. Ele estava com câncer, doente mesmo. No final da vida. Ela tinha um filho, Juan, de oito anos, que ficava com o avô o máximo de tempo possível, para que ele pudesse aproveitar o neto e ela trabalhar. Como só conseguiu trabalho em Bariloche, se obrigou a fazer aquela viagem com certa frequência. Às vezes pegava um voo, mas se fizesse esse trajeto sempre de avião, trabalharia apenas para pagar as passagens. Então, arranjou um jeito de conciliar a viagem, necessária, ao interesse dos turistas em fazer aquele trecho da Ruta 40. Comprou um Jeep 4x4 e, junto com um amigo, começaram a fazer a viagem sempre acompanhados de um ou dois turistas. Um passeio turístico privilegiado, de dois ou três dias, com direito a histórias e lendas sobre a região, sempre contadas pelo amigo geólogo e turismólogo que, com ela, dividia a estrada, o negócio e o cuidado para com os turistas. Assim, a necessidade da viagem tornou-se uma atividade bem remunerada e, às vezes, até bastante divertida. Sempre dependia, claro, de quem eram os turistas, afinal, não era raro ter que aguentar brasileiros. Maria riu, complementando que, apesar do chiste, era um pouco verdade. Não entendia por que eram sempre os fascistinhas que tinham grana para pagar um passeio como aquele oferecido por eles. Não entendia bem por que, mas a maioria dos que se encaixavam nesse perfil eram brasileiros. Una pena – complementa Maria, antes de seguir com a explicação de que o amigo, dessa vez, precisou viajar para Buenos Aires, por isso, foi necessário cancelar os turistas que estavam pré-agendados. Brasileños, por supuesto – disse piscando o olho direito para Diego, antes de seguir dizendo que não adiantaria ela fazer a viagem sem o sócio, pois o passeio depende muito do conhecimento dele acerca da região e, obviamente, ela não se sentiria à vontade com dois turistas, desconhecidos, no meio do nada. Diego perguntou se, com ele, que também era um desconhecido, e brasileiro, embora não seja bem um turista e, muito menos, facistinha, ela se sentia segura. Ela brincou dizendo que o achou inofensivo. Alguien con pánico podría ser peligroso? Diego riu. Percebeu que estavam cada vez mais íntimos e gostou de descobrir que a argentina tinha um senso de humor peculiar que muito o agradava. Realmente, um homem daquele tamanho, com Síndrome do Pânico, podia ser engraçado. Ao menos quando não estava em crise. Aos poucos, Diego foi se encantando ainda mais por Maria. E a viagem seguiu madrugada adentro. Diego não perdeu a oportunidade de, com o canto do olho, observar as mãos de Maria ao volante. Era um mulher realmente muito interessante. Além de bonita, era inteligente e de opiniões políticas bastante contundentes. Esquerdista, estudou Medicina em Cuba por meio de um acordo internacional entre os dois países. No entanto, isso não a impedia de ser extremamente crítica quanto às esquerdas latino-americanas. Hicieron muchas cosas buenas en varios países, Brasil es un ejemplo. Pero también hicieron mucha mierda. Y ahora, todos estamos a merced de la extrema derecha – expos Maria. Sobre Cuba, explicou que ninguém passava ileso pela ilha. Quando se viaja para lá com o objetivo de realmente conhecer o país e não, tão somente, curtir as praias paradisíacas, transar com as meninas menores de idade, fumar os bons charutos e beber um bom rum – por supuesto – há a aprender. Existe uma contradição imensurável naquele lugar e é justamente essa contradição que faz Cuba ser Cuba – Pero, donde no hay? Diego concorda com a cabeça e a viagem segue. E o tempo passa. E Diego nada dormiu. E, agora, está na hora de ele deixar ela descansar um pouco.

Por isso, Diego finalmente assumiu a direção e dirigiu todo o resto da madrugada. A partir daí, foi uma noite silenciosa. Tediosa, inclusive, uma vez que até o vento resolveu descansar. Serviu para Diego refletir e se dar conta de que havia se acostumado a conversar com Maria. Havia algo nela, ou neles – não sabe bem – que o deixava à vontade. Uma certa cumplicidade, ou uma sinergia, não sabia como definir. O fato é que era muito bom.

Logo começou a amanhecer. Pudera, quando Diego assumiu o volante já era quase quatro horas da manhã. Então, Diego decidiu parar o carro. E, com o cessar do movimento, Maria se acordou. Diego se desculpou, mas disse que precisava mijar, colocar gasolina no tanque e também queria esquentar água para fazer um mate. Ela concordou. O tempo de eles fazerem o necessário para retomarem a viagem foi suficiente para o sol nascer na direção oposta à Cordilheira. A luz do sol sobre as montanhas nevadas criava efeitos de uma beleza singular. Diego fotografou, olhou o resultado, no visor da câmera, e resmungou consigo que, às vezes, certos momentos foram feitos apenas para serem admirados. Maria concordou, complementando que este era um bom motivo para ela não tentar mais dormir. Já com o sol relativamente alto, eles retomaram a viagem. Conversavam e tomavam mate, Diego reclamava do amargor da erva argentina. Ela contou que era chilena.

– La yerba?

– No, yo.

O pai era geólogo, argentino. A mãe, professora, chilena. Já morreu, há alguns anos. E ela estava separada. Diego deu uma última sorvida no mate, ficou em silêncio enquanto servia a cuia para Maria. Aguardou para que ela complementasse as informações, mas Maria não falou mais nada, apenas pegou a cuia que Diego alcançou e sorveu o mate. Diego, por outro lado, queria saber mais daquela mulher, afinal, contrariando as expectativas, quem mais falou ao longo de toda aquela viagem foi ele, mas decidiu não parecer invasivo e a deixar em paz, com seu mate de erva amarga. Um tempo depois, precisou parar para mijar novamente. O mate faz com que a bexiga precise de alívio com mais frequência. Cada um foi para um lado, Maria se escondeu atrás de uma pedra, e Diego, de pé, se aliviou atrás do carro. O sol já estava alto e, mesmo assim, o frio era intenso. O vento gelado penetrava por dentro dos casacos, ressecava os lábios, gelava o nariz. Decidiram estacionar o carro atrás de uma grande pedra com um furo no meio. A estrada passa por entre essa pedra enorme, que se tornou uma espécie de túnel, curto, mas largo o suficiente para protegê-los do vento frio. Chegou a hora de cozinharem alguma coisa. Se tem algo de bom em viajar por uma estrada deserta como aquele trecho da Ruta 40 é o fato de, justamente, se estar sozinho. Nada de gente, nada de tráfego, nada de polícia. Atrás do Jeep foi possível montar uma espécie de cozinha, com um fogareiro de duas bocas. O suficiente para fazer um massa. Abriram uma garrafa de vinho, outro privilégio em dirigir naquela região. Não havia polícia para se preocuparem com a fiscalização. A Lei Seca existe também na Argentina, porque não há como relativizar o consumo de álcool. Se isso fosse possível, daria para separar aqueles motoristas mais conscientes daqueles que não sabem o limite do consumo de bebidas alcoólicas e a responsabilidade de uma direção segura. Se assim fosse, seria tranquilamente possível beber meia garrafa de vinho e dirigir sem provocar acidentes. É tudo uma questão de cuidado. Mas, claro, como regular isso sem uma lei que defina o que cada um pode e consegue beber antes de dirigir? Portanto, a sociedade vai ficando cada vez mais regrada e, para alguns, chata, porque esse tipo de restrição é necessário para garantir o mínimo de ordem social. A longa explanação de Diego encontra eco na companheira de viagem, que complementa o pensamento dizendo que ali, na Ruta 40, meia garrafa de vinho para cada um, enquanto almoçam, e dirigir devagar, conforme, inclusive, é possível naquela estrada, não representaria perigo algum. Nem de provocarem um acidente, muito menos de receberem uma multa. No máximo, vai bater um soninho e, aí, bueno, é parar e tirar um cochilo. Mas, obviamente, eles não ficaram apenas na primeira garrafa. Ainda antes de terminarem de cozinhar, os dois já haviam secado uma garrafa de Malbec e, agora, já bastante alegre, Maria pegava uma segunda garrafa de dentro do *cooler*. Comida pronta, os dois fizeram a refeição sentados numa mesa de *camping*, bebendo aquele delicioso vinho argentino e admirando a paisagem da Patagônia. Qualquer massa com molho pronto vira um manjar dos deuses com aquela vista. Diego passou a falar mais do irmão. Disse que se lembrava com afeto de momentos bons. Que quando era mais jovem, o irmão o protegia na escola. Que quando se sentia sozinho, porque os pais estavam trabalhando ou viajando, era o irmão que cuidava dele. Até sua vida, uma vez, já havia salvado. Retirou do bolso da calça aquela fotografia que estava no porta-retratos e a mostrou para Maria. Ela viu o pai, a mãe e duas crianças em frente a uma casa toda aberta, em um dia ensolarado. Diego seguiu falando, disse que foi difícil ver o irmão ir embora, mas, naquele momento, eles já estavam bastante afastados. O irmão ficou muito arredio depois que passou a criticar o trabalho e o jeito de viver dos pais. Diego concordava com o irmão, sabia que Arthur tinha razão em vários aspectos, mas isso não lhe dava o direito de enfrentar os velhos daquele jeito. Acreditamos nas verdades que nos são convenientes –

argumentou Diego – portanto, como bater de frente com os pais em temas tão enraizados em suas convicções? Não dá. Questionar os pais é justificável, e até necessário, quando se é adolescente. Diego entende que o conflito de gerações é importante até para a sobrevivência da espécie, mas, passada essa fase da rebeldia, é preciso saber avaliar melhor as consequências de um enfrentamento desnecessário contra duas pessoas de idade. Os pais deles passaram até fome quando jovens, trabalharam muito, acreditando estarem fazendo o certo, sofreram bastante e batalharam toda a vida para garantir aos filhos uma posição social melhor que a deles quando jovens. Este tinha sido o objetivo de toda uma vida. De que adiantava agora, quando parecia que haviam, finalmente, sucedido, o filho primogênito retirar os tijolinhos que davam sustentação a todo esse sonho? Arthur estava errado e foi muito insensível. Mesmo assim, Diego o compreendia. E afirmou, sentia falta dele. Mais ainda agora, que não tinha mais ninguém.

Maria devolveu a foto, se aproximou e olhou fundo nos olhos de Diego. Estava tocada pela narrativa que acabara de ouvir. A ausência das palavras naquele momento foi cortada, apenas, pelo vento que soprava intermitentemente. Aos poucos, eles se aproximaram mais, ao ponto de suas bocas quase se tocarem. Era possível sentir a respiração um do outro. O cheiro um do outro. E a vontade imensa de se beijarem. Então, fecharam os olhos e deixaram o instinto agir por conta e risco. Meio atrapalhados, se beijaram e se abraçaram ainda sentados. Mas queriam mais, queriam seus corpos grudados um ao outro. Queriam tirar a roupa um do outro. Queriam sentir a pele um do outro. Então se levantaram. Desajeitados, bateram na mesa, derrubando pratos, copos e o resto do vinho. Eles não se importaram, estavam tomados de tesão. Diego conduziu Maria contra o carro, a beijou enquanto suas mãos desciam pelo pescoço, encontrando os seus seios. Num primeiro momento, ainda por sobre a roupa. Não demorou para Diego arrancar a blusa de Maria. Ela abriu o cinto de Diego. Diego fez o mesmo com Maria. Entraram no carro e, no banco de trás, um tanto apertados, desajeitados, mas muito excitados, tiraram o resto das roupas um do outro e transaram. Foi um sexo louco, um a explosão de tesão, como eles necessitavam e como aquela paisagem selvagem merecia testemunhar. Logo, no entanto, Diego gozou. E, ao gozar, frustrou a excitação de Maria e a continuidade daquele momento tão aguardado por ele. Então, como não poderia deixar de ser, seus corpos se separaram e se afastaram. A respiração de ambos foi voltando à normalidade, diminuindo o ritmo e relaxando-os até que eles pegaram no sono, também motivados, certamente, pelo efeito das quase duas garrafas de vinho Malbec recém-tomadas. E, assim, dormiram no banco de trás da caminhonete de Maria. Lá fora, até o vento parecia entender a importância daquele descanso e cessou de soprar, como se fosse cúmplice daquele relaxamento merecido, e envergonhado.

Acordaram constrangidos, como se aquilo não devesse ter acontecido. Entre o verbo e o silêncio, optaram pelo silêncio e assim, também em silêncio, se vestiram, recolheram a louça, a mesa de *camping*, o lixo e retomaram a viagem. Dessa vez, no entanto, a falta das palavras começou a incomodar Diego. Por isso, mas também porque ele ainda estava embriagado de vinho, fechou os olhos e se deixou levar pelo sacolejo da Ruta 40. Dormir era a melhor resposta para o constrangimento de ter ejaculado precocemente. Que merda, havia desejado tanto aquela transa. Melhor dormir. Adormeceu profundamente, acordando horas depois, já próximos do destino final. Ao abrir os olhos, deu tempo de ler as placas Perito Moreno e Parque Nacional Los Glaciales. Já era noite, estava escuro e, lá longe, no meio de absolutamente nada, algumas luzes amareladas piscavam, avisando ao viajante que havia civilização logo mais adelante. Maria estava tomando mate. Ao percebê-lo de olhos abertos, sorriu e ofereceu uma cuia ao parceiro de viagem. Diego aceitou, ainda mudo. Então, para quebrar o constrangimento, ele perguntou à Maria o que significava Calafate. Havia escutado e lido esse nome outras vezes. Aliás, naquela região toda tem dois nomes que se repetem constantemente, o tal Calafate, que é nome de ruas e da cidade e Perito Moreno, esse sim, que dá nome a ruas, a um parque, ao glacial de El Calafate, enfim, são dois nomes onipresentes por toda região. Maria explicou que El Calafate foi um índio patagônico. Junto a outros tantos, foi capturado e levado para a Europa para ser exposto em jaulas, nas feiras e exposições que eram comuns ainda no final do século XIX. A tal civilização europeia, curiosa com os "selvagens" do novo mundo, fazia isso com frequência.

Quase todos morriam por causa das doenças do homem branco, das condições de higiene e da precariedade dos cuidados que os europeus tinham com suas "mercadorias" vivas. Calafate foi o único índio, de um determinado grupo sequestrado por europeus, que sobreviveu e conseguiu, muito tempo depois, retornar da Europa para contar a história àqueles que ali permaneceram. E, por isso, virou uma espécie de herói local. Para alguns, essa história não passa de uma lenda. Para outros, há uma vasta documentação que a comprova. Já Perito Moreno, por outro lado, era um aventureiro. Um homem muito rico. Seu nome verdadeiro era Francisco Pascasio Moreno. Foi um explorador do sul da Argentina. Uma espécie de paleontólogo, biólogo, geólogo, historiador, topógrafo, enfim, naquele longínquo século XIX, ele era uma autoridade, um perito sobre a região. Daí o nome Perito Moreno. Era o perito argentino sobre tudo que envolvia a Patagônia, que, para ele, era uma espécie de obsessão. Inclusive gastou sua fortuna explorando toda essa região. Acabou se transformando em um dos principais responsáveis por definir a fronteira do país com o Chile. A exemplo dos espanhóis, os argentinos também nunca deram a mínima para o sul. Tanto é verdade que as principais cidades da Argentina estão todas no norte. Quem mais explorou, colonizou e tinha conhecimento sobre o sul da Argentina eram os escoceses e os ingleses. Os espanhóis não queriam saber de passar frio e estavam bem felizes com as riquezas descobertas nos países andinos. Já os argentinos, depois da independência, também não se interessaram por aquela terra inóspita. Os chilenos, diferentemente, se viram obrigados a explorar o seu lado da Patagônia, afinal, o país estava exprimido entre a Cordilheira e o Pacífico. Por isso, eles conheciam muito bem o sul e, quando os dois países finalmente decidiram definir as fronteiras, os chilenos quase levaram toda a cadeia das Cordilheiras dos Andes para eles. A lenda, ou a história não oficial, diz que os chilenos propuseram que um rio fosse a divisa natural das duas nações. O rio em questão, que se formava a partir do degelo dos Andes, definiria que a Argentina ficaria apenas com uma pequena fração da Cordilheira. Todo o resto seria chileno. Os argentinos estavam quase aceitando o trato. Afinal, por que brigar por uma região que era habitada apenas pelos índios, composta apenas de montanhas congeladas e impossíveis de cultivar? Não viam nada de interessante no sul e, menos ainda, naquelas montanhas descartáveis. Então, como os políticos argentinos pouco sabiam sobre o sul do país, chamaram o Perito Moreno para negociar com os chilenos. Felizmente, graças às suas aventuras pela Patagônia, Perito Moreno conhecia muito bem a região e os seus habitantes. Portanto, sabia que as Cordilheiras eram importantes, pois a água para todo o sul da Patagônia era originária, justamente, do degelo dos Andes. Se os chilenos fossem donos das montanhas seriam, também, donos das águas, uma vez que uma pequena obra de engenharia seria suficiente para desviar o curso dos córregos, criados pelo degelo, apenas para o lado chileno da fronteira. Consequentemente, o lado argentino ficaria sem água para sempre. Então, depois de negociar durante todo um dia, Perito chamou os índios, que ele conhecia bem e, com pedras, desviaram o curso de um dos afluentes – um córrego, na verdade – do rio que seria utilizado para definir a fronteira. Com isso, no dia seguinte, na reunião que definiria, finalmente, a fronteira entre Chile e Argentina, o aventureiro argentino argumentou que um rio não poderia ser a linha divisória entre os dois países, pois, assim como ele havia provado, a água poderia ser desviada facilmente, tanto pelos chilenos como pelos argentinos e, portanto, o impasse nunca se resolveria. Com isso, criaram outra forma de estipular a fronteira, e a Argentina obteve uma parte bem mais considerável das Cordilheiras, garantindo o abastecimento de água no sul do país. Mas foi só depois de descobrir o potencial petrolífero da Patagônia que o governo argentino passou a olhar para o sul com mais interesse. Essa é a história fantasiada, pode-se dizer assim, aquela que se escuta da boca dos guias turísticos ou nas conversas de bar. Já os fatos dão conta de uma negociação muito mais longa e complexa, que envolveu até a Inglaterra como mediadora. É verdade que Perito Moreno foi chamado para ajudar nas negociações, pois, de fato, era um grande conhecedor da região. E, graças a ele, a diplomacia triunfou sobre a força, visto que havia um impasse, uma vez que os chilenos reclamavam a posse de uma área de uns quarenta mil quilômetros quadrados. Por causa disso, não faltavam aqueles que defendiam solucionar a questão por intermédio de um conflito armado. Então, Perito Moreno realizou um estudo sobre como ambos países deveriam definir os seus limites de forma justa e, em 1896, viajou para a Inglaterra, para submeter esses documentos à avaliação da Rainha Vitória, que era a juíza desse processo todo. Perceba como os ingleses sempre estiveram por perto, né? Até para nos dizer onde devemos construir a cerca que nos separa dos nossos vizinhos. Enfim, em 1902, a Inglaterra enviou o seu perito para, junto ao Perito Moreno, avaliarem o traçado fronteiriço. E foi assim que ele não apenas ajudou na solução desse impasse como acabou recebendo uma medalha da Royal Geographic Society em reconhecimento ao seu trabalho. Bom, digamos que o cara evitou mais uma guerra entre a Argentina e o Chile.

A verdade é que ainda hoje o sul da Argentina está abandonado a sua própria sorte. E sempre foi assim. Tanto que Ushuaia, na Terra do Fogo, nasceu como uma prisão. Era um lugar para onde se poderia levar os presos mais perigosos, pois, mesmo que eles tivessem a coragem de fugir da prisão, certamente morreriam de frio ou atacados por animais selvagens. Ou seja, era a cadeia perfeita, porque praticamente não necessitava nem de chaves. A prisão, no entanto, demandou um certo investimento local, o que proporcionou o desenvolvimento da vila que deu origem à cidade. Foi só muito mais recentemente que vieram os turistas. Mesmo assim, compreensivamente, apenas no verão. Mas, até então, para lá só iam bandido e agentes penitenciários menos renomados, desavisados, azarados ou mais insanos. Servir e trabalhar em Ushuaia era uma espécie de castigo ou última chance para os militares e funcionários indisciplinados. Por isso, Perito Moreno virou referência para o sul da Argentina e um herói nacional. No entanto, ele acabou com toda a sua fortuna se aventurando por aí. Segundo dizem, não sobrou absolutamente nada para os seus herdeiros. O que, como podemos imaginar, não agradou muito àqueles que tinham direito à tal herança.

– Imagino, a história está povoada de heróis nacionais que foram péssimos pais.

Diego comentou sobre a relação que existe, na História, entre os fatos e as lendas. Embora o estudo da História esteja sempre – ou, ao menos, tente estar – embasado pela ciência, é verdade que, inúmeras vezes, um relato histórico não passa de uma interpretação do homem, geralmente motivado pelos interesses de determinado grupo dominante. Foi assim que, literalmente, se construiu a história da humanidade e dos povos. Rindo, Diego complementou que os argentinos eram bastante conhecidos por dourar as pílulas nacionais. Mas, ao ver que Maria não riu da sua brincadeira, se sentiu na obrigação de tentar remediar sua colocação e evitar maiores constrangimentos. Para isso, explicou que também os brasileiros romantizaram sua história. Para exemplificar, citou três fatos históricos importantes para a constituição do Brasil como nação: a Independência, a morte de Tiradentes e a Proclamação da República. Fatos históricos os quais, para ele, são também três grandes mentiras brasileiras, construídas conforme os interesses da elite da época. Diego contou que, mesmo quando criança, lhe parecia bastante inverossímil aquela história de a Independência do Brasil ter ocorrido porque Dom Pedro I gritou Independência ou Morte às margens do tal Rio

Ipiranga, para meia dúzia de homens que estavam com ele no meio daquele nada. Muito fácil, né? Da mesma forma, chamava sua atenção a improvável e absurda semelhança entre a imagem de Tiradentes, decapitado e exposto em praça pública, como um Jesus Cristo, branco e de olhos azuis, representado nos quadros religiosos que costumava ver quando ia com a mãe à igreja. E o que falar sobre a Proclamação da República, ocorrida a partir de um golpe militar, enquanto o povo, alheio a tudo, nem ao menos tinha ideia do que estava acontecendo? Logo, se os próprios livros manipulam a história, como não relativizar e contestar a narrativa? E aí está a grande sacada dessa extrema direita, ao atualizar os métodos fascistas de manipulação do conhecimento. Afinal, se a história pode e deve, sim, sempre ser revisitada, por que a versão fascista sobre os fatos estaria errada quando o próprio historiador assume que nem tudo que está nos livros aconteceu exatamente daquela forma? Como explicar a um povo, propositalmente mal-educado, que isso deve ser feito a partir, e através, de métodos científicos? E que, se assim não for, a verdade não deixará de ser apenas mais uma versão da história? Método científico? Que porra é essa – pergunta o operário que mal recebe para sustentar sua família. Ora, a tendência sempre é acreditarmos na verdade que melhor nos agrada e, parece, ao menos no Brasil, hoje é o discurso de ódio que repercute melhor nos corações e nas mentes dos brasileiros. *At the end of the day*, como dizem os ingleses, a verdade não deixa de ser, apenas, versões de uma mesma história. Maria escutou atentamente toda a reflexão de Diego sem nada comentar. Apenas dirigia, agora já sobre uma estrada pavimentada, e acenava com a cabeça, demonstrando concordar com o que o brasileiro falava. Enquanto isso, eles se aproximavam de El Calafate. Mas foi só quando finalmente chegaram ao centro da pequena cidade que Maria voltou a falar. Não para discutir história, mas para propor uma verdade.

– La verdad es que, ya que estas aquí, antes de seguir hacia Tierra del Fuego, creo que deberías ir hasta el Glaciar Perito Moreno. Es un espectáculo hermoso de la naturaleza y vale mucho la pena. En El Calafate, nosotros ya estamos.

E estava muito frio. Por isso, sabendo que Diego não tinha onde dormir, Maria perguntou se ele não queria ficar na casa dela. A mi padre, le gustará tener una persona diferente para conversar – argumentou a doutora. Num primeiro momento, Diego disse que não. Mas Maria insistiu e complementou que a presença dele será um prazer. Para todos. Mediante a insistência, então, Diego aceitou. Quando chegaram à casa de Antônio, pai de Maria, o clima foi de aconchego. Casa quentinha. Antônio estava terminando o jantar, e o filho de Maria, Juan, foi correndo até a porta abraçar a mãe. Maria abraçou o pai também e só então entrou Diego, meio constrangido, meio tímido. Maria apresentou os dois, e Antônio foi extremamente educado e amável. Diego se surpreendeu, aquele homem estava cheio de vida, embora muito magro, sem cabelos e abatido pela doença e pelo tratamento do câncer. Diego pensou que o encontraria moribundo, a um passo da morte, de cama, ou praticamente sem forças para ficar de pé. Não, Antônio era um homem fraco, sim, mas, mesmo assim, ainda dignamente vivo. Estava bebendo um vinho – melhor não contar aos médicos – enquanto terminava de cozinhar. Já serviu uma taça para Diego e o convidou para olhar o jantar. Estava fazendo uma especialidade da região, que Maria adora, Cordeiro ao Malbec. A melhor forma de se comer a carne de cordeiro – segundo ele.

– El asado es bueno, sí, pero con esa salsa espesa y negra que el Malbec produce, ablandando aún más la carne del cordero y dándole ese sabor especial y único, no hay nada igual.

Todos se sentaram à mesa, brindaram, beberam, comeram e conversaram. Falaram sobre a América do Sul, sobre a Argentina e o Brasil. Sobre a vida e a morte, sem o mínimo acanhamento. Sobre a música argentina. Sobre os cinemas argentino e brasileiro. Sobre as eleições no Brasil. A conversa correu solta de tal forma que, para Diego, era como se aquela fosse sua família. Como se nunca tivesse estado em outro lugar. Sentiu-se plenamente feliz naquela casa aconchegante que o protegia do frio e da solidão da estrada e da vida. Percebeu-se feliz naquela família que não era dele, que sofria um drama particular, sim, mas, mesmo assim, que se abraçava em torno da sensação de amor e respeito mútuos. E que, parece, o abraçava também. Comparou aquele Cordeiro Malbec com a carne de panela que a mãe fazia para comer com a massa caseira. Talvez, porque aquele era o prato que lembrava os almoços de sábado, com toda a família reunida. Enquanto comiam, Diego falava sobre o frio. No Mato Grosso do Sul não havia frio. Lá era sempre quente e abafado, salvo alguns pequenos períodos quando as frentes frias do sul conseguiam penetrar o Centro-Oeste e baixar as temperaturas. Mas isso era relativamente raro. E ele gostava do frio. Melhor, gostava da sensação de aconchego que o frio promovia. Falou sobre Vitor Ramil, que havia discorrido, em um livro, sobre a estética das regiões frias. E o quanto isso definia o Rio Grande do Sul e o aproximava de uma cultura que não era compartilhada pelo resto do Brasil. As fronteiras poderiam separar o Rio Grande do Sul da Argentina e do Uruguai, mas o frio, assim como os pássaros, não reconhecia os limites políticos entre os três países. O inimigo invisível, que era como Ramil definia o frio em uma canção sua, ajudava a explicar uma cultura específica que os hermanava. Contou da experiência que teve com uma prima que vivia no norte do Brasil e nunca havia viajado para regiões frias. Disse que a levou para Montevidéu, uma vez, durante uma viagem que ela havia feito para encontrá-lo em Porto Alegre. Que tentava explicar aquilo para a prima, mas percebia que as palavras não lhe eram suficientes. Então, um dia, em Punta del Diablo, entraram em um restaurante onde havia uma lareira bem no centro do salão principal. Estava frio, não muito, mas o suficiente para ela, do norte, reclamar bastante. Então, ao ver as pessoas jantando ao redor do fogo e ao se aproximar do calor emitido pelas labaredas, enquanto esfregava as mãos instintivamente a fim de aquecê-las, finalmente percebeu tudo aquilo que as palavras não haviam conseguido explicar. O aconchego do calor do fogo em uma noite fria e o quanto aquilo aproximava as pessoas. Quando acabou de falar, Diego percebeu que Maria e o pai o observavam com olhares de admiração e se sentiu valorizado. Quiseram conhecer a música de Vitor Ramil e, então, Diego lamentou não haver um violão ali, pois podia tocá-la. Para sua surpresa, havia, sim, una guitarra que lhe foi alcançada e da qual ele extraiu *Deixando o pago*, uma das mais belas canções do músico de Pelotas e que Diego adorava executar. "Alcei a perna do pingo e saí sem rumo certo/Olhei o Pampa deserto e o céu fincado no chão/Troquei as rédeas de mão, mudei o pala de braço/E vi a lua no espaço, clareando todo o rincão..." Ao terminar de tocar e cantar toda a música, escorriam lágrimas singelas do rosto do pai de Maria.

– Una Milonga en portugués, que lindo.

Finalizada a janta – a execução de Ramilonga e outras tantas canções – já depois de várias taças de vinho, alguns licores e algumas poesias declamadas a plenos pulmões pelo pai de Maria, um verdadeiro pajeador, Diego sentiu vontade de fumar e pediu licença para ir lá fora. Maria foi com ele. Ela também fumava, às vezes. Ao ar livre, com suas taças, enrolados em mantas de lã e sob um pergolado o qual anunciava o próximo verão nas folhas que brotavam timidamente no parreiral que preenchia toda a estrutura em madeira e vime, acenderam seus cigarros e fumaram, em silêncio, as primeiras tragadas. A quantidade de estrelas no céu impressionou Diego, que as observava por entre as frestas do pergolado. Maria percebeu que Diego olhava para cima e comentou que, nas tardes de verão, o qual não é excessivamente quente por lá, é muito bom se sentar ali embaixo, na sombra daquele pergolado tomado pela videira, e tomar um vinho. Às vezes fazem um assado. Diego sorriu, e se Maria pudesse ler pensamentos, saberia que ele estava, agora, se imaginando lá, no verão, aproveitando aquele pátio com aquela família. Mas não, Maria não pode ler pensamentos, e Diego nada comentou. Retomaram o silêncio e se deram conta de que estavam bem assim. O silêncio, novamente não os constrangia. A expressão de Maria, no entanto, mudou. De repente, uma tristeza tímida, mas profunda, alterou as linhas do seu rosto. Diego imaginou que ela poderia estar pensando se ainda teria o pai no próximo verão, quando as folhas daquela parreira justificariam uma tarde de parrilla y vino. Diego nada comentou. Apenas permaneceram assim, sentados, lado a lado, olhando para a rua e aproveitando a sensação boa do frio nos seus rostos descobertos. E foi assim que seus olhos se reencontraram e assim permaneceram. Olho no olho, almas em contato, em busca de um beijo que ambos desejavam repetir. Mas ainda não era o momento. Maria rompeu o silêncio para dizer que o levaria ao Glacial Perito Moreno. Ele precisava conhecer aquele lugar antes de seguir viagem. Diego disse que tinha pressa em encontrar o irmão, não podia mais adiar esse encontro. Ela concordou, disse que ele deveria mesmo fazer isso. Mas, primeiro, precisava conhecer o Perito Moreno. E, então, agora sim, os olhos se encontraram novamente. Eles sorriram encabulados um para o outro e, de mãos dadas, inebriados pelo vinho, permitiram que suas bocas se reaproximassem. Que seus lábios gelados se encontrassem. Que compartilhassem a respiração e deixassem os corações pulsarem na garganta. Não era mais um desejo incontrolável como aconteceu à tarde, no deserto. Agora parecia diferente. E ambos sabiam disso sem nem precisarem falar. Maria deitou sua cabeça no ombro de Diego, e ambos mantiveram aquele silêncio que lhes parecia sagrado. Irretocável. Necessário e natural. Somente depois de vários minutos, Diego disse que estava cansado de se sentir sozinho. Que tentava se mostrar forte, e as pessoas até o enxergavam assim, mas lá dentro ele estava destruído. Que estava cansado de lutar contra si mesmo, tentando inutilmente, dia após dia, provar que é capaz de carregar toda sua solidão sozinho, sem contar com a ajuda de ninguém. Fingindo que não chora, que não sente medo, que não precisa de companhia. Naquela noite, pela primeira vez desde muitos meses, Diego se sentiu novamente feliz ao lado de uma mulher. Achou que nunca mais sentiria aquilo. Contou isso à Maria, que o escutou, o abraçou mais forte e o beijou ainda com mais intensidade. Tudo isso aconteceu sob a vigilância discreta de Antônio, que da janela da sala observava a filha aconchegada nos braços daquele hombre desconocido. Mais tarde, o quarto de Maria testemunhou o nascimento de um amor singular, um amor de entrega e de cuidado. Diferente do deserto, agora transaram ritmados por um afeto, carinho e troca de olhares como Diego nunca havia experimentado antes na vida. Um desejo de não mais se desgrudarem. E, dessa vez, compartilhado em toda sua intensidade. Foi assim que gozaram juntos e também foi assim que dormiram abraçados, até um novo dia amanhecer.

O tempo é implacável. E corre sempre na direção do futuro. Particularmente rápido quando se está feliz. No dia seguinte, foi preciso levantar, se vestir e tomar um café da manhã. O Glacial Perito Moreno esperava por eles. Lá, em frente àquela muralha de mais de três quilômetros de altura, os dois se sentaram. No verão, os turistas abarrotam aquele parque, ficam todos lá, aguardando que o degelo provocado pelo calor gere rachaduras no enorme bloco de gelo, fazendo com que lascas abismais se desprendam e caiam no mar, o que provoca um som assustador e, ao mesmo tempo, excitante. Os blocos que caem no mar também criam enormes ondas as quais levam, para longe, os outros blocos de gelo já soltos, que boiam como pequenos (?) icebergs próximos ao Perito Moreno. Estamos falando de rochas de gelo da altura de um prédio de vinte andares. Na primavera, o fenômeno ainda não ocorre com a intensidade do verão, mas, mesmo assim, é possível testemunhar o desprendimento dos blocos de gelo e os gritos dos turistas, que ainda são tímidos naquela época do ano. Por outro lado, com menos turistas é mais fácil contemplar o fenômeno em paz, sem o empurra-empurra do verão. Embora na primavera o frio ainda seja intenso, eles se sentaram em um banco, protegidos por uma manta de lã de ovelha e aguardaram, enquanto Diego fumava. De repente, um bloco enorme de gelo se descolou da muralha e caiu na água. Primeiro foi possível ver o desmoronamento, o choque do gelo no mar e, então, apenas depois de alguns longos segundos, finalmente foi possível escutar. O som chega com atraso, mas não por isso, menos assustador. E é aí, nesse momento, que as pessoas se impressionam ainda mais com tudo aquilo. É inevitável não gritar. Após o delírio coletivo, novamente, silêncio. E muita reflexão, pois é impossível não pensar sobre a exuberância da natureza após presenciar uma cena como aquela. Então, Maria puxou conversa e disse a Diego que o pai dela trabalhou como geólogo na Terra do Fogo. Por isso, tem vários conhecidos lá e muitos contatos também com o pessoal da National Geographic, Greenpeace e outras ONGs que atuam ou atuaram na região. Se Diego quiser, o pai poderia tentar descobrir onde está Arthur. Afinal, não deve ser difícil encontrar um biólogo, brasileiro, no fim do mundo. Ainda mais quando o fim do mundo pertence à Argentina. Diego sorriu e, bem na hora, outro pedaço de gelo, que se desprendia do glacial, atingiu o mar provocando aquele mesmo estrondo intimidante, seguido dos mesmos gritos dos poucos turistas entusiasmados que insistiam em permanecer ali, apesar do frio e do vento glacial. Isso distraiu Maria e Diego e fez com que eles acompanhassem as consequências do fenômeno até a dispersão (quase) total das ondas no mar. Nesse momento, Diego e Maria congelaram seus olhares um no outro. Alheios ao vento, ao frio, aos turistas e ao próprio silêncio – sempre o silêncio – se perceberam espelhos, refletindo uma explosão de sentimentos jamais experimentados por nenhum dos dois. Diego confessou que estava apaixonado por ela e que não queria parecer prepotente ou mal-interpretado, mas tinha a impressão de que ela também o amava.

– No, no te diste cuenta de mal. Yo también estoy enamorada de ti.

Bom, acho que não é preciso escrever que, após declararem o amor de um pelo outro, eles se beijaram. Sim, se beijaram. E se aconchegaram em um caliente abraço de lã, alheios a mais um enorme pedaço de gelo que se desprendia do glacial, despencava os intermináveis metros de altura e chocava-se, mais uma vez, contra a água gelada, lá embaixo, provocando aquele mesmo estrondo retumbante já escutado diversas vezes. Dessa vez, no entanto, nem Diego, nem Maria voltaram seus olhos para o mar. Estavam mergulhados um no outro. Já estava findando o dia. O sol se escondia por trás das montanhas de gelo, provocando aquele mesmo fenômeno, em tons rosados, tantas vezes descrito ao longo desse texto. O frio aumentou consideravelmente. Estava na hora de voltar para El Calafate.

Em casa, Antônio desligou o telefone. A voz fraca e passiva do pai de Maria disse, num espanhol bastante erudito, que já sabia onde estava o irmão de Diego. Foram necessários apenas três telefonemas para descobrir que Arthur não morava mais em Ushuaia, há tempos. Saiu de lá há muitos anos e, hoje, vive em Puerto Natales, no Chile. No entanto, segue trabalhando com pesquisa em alto-mar e, pelo que lhe informaram, está com uma viagem para os próximos dias. Não souberam lhe precisar quando, mas se Diego quiser encontrá-lo, é melhor se mexer. Diego não sabia como fazer, para, dali, ir ao Chile e, então, Maria explicou que não era tão demorado. É preciso atravessar a fronteira, mas é bem mais perto que ir para o Ushuaia. No final das contas, ele deu sorte em seguir pela Ruta 40 e acabar em El Calafate, pois se Arthur está em Puerto Natales, serão apenas algumas horas de carro para achá-lo. Quem sabe, foi obra do destino. Se saírem de manhã cedinho, lá pelo meio da tarde estarão chegando à pequena cidade chilena. Diego perguntou como pode fazer para alugar um carro na cidade. Se isso era possível. Maria respondeu que ele não entendeu nada. Ela vai levá-lo. Diego olhou para Antônio, que retribuiu o olhar com uma expressão de concordância à proposta da filha. Depois, complementou dizendo que era para ele ir tomar banho, pois o jantar estava quase pronto.

– Hoy tenemos algo especial.

Diego foi tomar banho, e Antônio foi para a cozinha com a filha, terminar o jantar. No banheiro, ele se olhou no espelho e acariciou a barba, ainda maior que da última vez. Já é possível perceber o surgimento de alguns poucos pelos brancos. Então, Diego tirou a roupa para entrar no banho. Caminhou em direção ao box, mas parou, relutou, fechou o chuveiro e voltou até a pia. Abriu as gavetas até encontrar um aparelho de barbear. Achou também espuma. E uma tesoura, com a qual iniciou o processo de aparar a longa barba negra e espessa. À medida que foi cortando os pelos que cobriam a sua cara, a beleza de Diego foi se revelando ainda mais. É um homem bonito, de rosto simétrico e traços retos. Então, Diego abriu a torneira de água quente, molhou o rosto, passou creme no pincel, também molhado, produziu a espuma que logo seria utilizada para cobrir o restante da barba. Só então, com a navalha, aos poucos, foi finalizando todo o processo. Ao terminar e jogar água fria sobre a pele, Diego se viu e se reconheceu como aquele menino que deitava no colo da mãe, assustado, pedindo a ela um afago. Viu, no espelho parcialmente embaçado, também, o mesmo menino assustado que, alguns anos atrás, numa madrugada de março, precisou encarar a arrogância do médico – doutor – que faria a cirurgia de urgência em sua mãe diagnosticada com câncer. Diego conseguiu sair do seu próprio corpo e se enxergar, de longe, acompanhando aquela cena. O médico, enfiado no seu jaleco branco, estetoscópio no pescoço, era um semideus diante dele, que, praticamente, implorava para que não deixasse a mãe morrer. Diego se via no corredor mal iluminado daquele hospital, quase gaguejando ao doutor-sem-doutorado que aquela mulher, sua mãe, tinha um marido em casa, com mais de 90 anos, para quem ele não poderia voltar no dia seguinte e contar que a companheira de uma vida inteira havia morrido na cirurgia. Pensou, de que adiantava ser ator, aparecer na TV, ser famoso, falar outros idiomas, ter duas graduações, ter dinheiro, conhecer o mundo, ser bonito, jovem, inteligente, se, ali e agora, era apenas uma criança assustada perante a possibilidade de perder, para sempre, a pessoa que mais amava? Naquela noite, se lembra bem, passou todo o tempo sentado numa poltrona, ao lado da cama da mãe, segurando sua mão de dedos longos e pele macia. Às seis horas da manhã, foi até a janela do quarto e, enquanto as enfermeiras preparavam a mãe para o procedimento, olhou bem para o dia amanhecendo. Percebeu o vento suave, que batia na copa das árvores, no pátio do hospital. Admirou a luz, que iluminava as folhas e flores do jardim. Reparou na grama, ainda molhada pelo orvalho da noite. E tudo lhe pareceu tão mais significativo. Pensou que queria registrar e guardar na retina e na memória cada sensação daquela poesia das cores, para carregar consigo, caso a mãe não estivesse mais com ele depois daquele dia findar. Seriam suas últimas sensações com ela viva, por perto. Era um domingo e faltavam apenas dez dias para o seu aniversário. De madrugada, quando mãe e filho estavam acordados, ambos preocupados com a cirurgia do dia seguinte – embora a mãe disfarçasse bem para não preocupá-lo ainda mais – ele fez um pedido a ela, que voltasse para casa no seu aniversário. E não é que ela sobreviveu à cirurgia? Naquele domingo de Grenal – se lembra bem da queima de fogos de artifícios por parte dos gaúchos que vivem em Campo Grande – quando atravessou a cidade, fazendo o caminho do hospital até a fazenda, com um sorriso no rosto, pois não precisaria contar para o pai que a esposa tinha morrido. Infelizmente, aquele momento inevitável apenas foi adiado por nove dias, ampliando a angústia do filho e a dor da mãe. Ao final de tudo, ela cumpriu a promessa que fez ao filho e voltou para casa no dia do seu aniversário. Dentro de um caixão.

Então, Maria bateu na porta e assustou Diego, arrancando-o do passado e trazendo-o de volta para El

Calafate. Perguntou se estava tudo bem com ele. Diego disse que sim, no mesmo instante que se percebeu, no espelho, sem barba e salpicado pelo sangue que corria em filetes pelo seu rosto, agora liso. Falou que já estava saindo e foi para o chuveiro. Rapidamente tomou banho, se secou, se vestiu e foi para a cozinha. Surpreendeu a todos com seu novo estilo homem-de-cara-limpa, apesar dos incontáveis retalhos de papel higiênico grudados pela pele para estancar o sangue que brotava insistentemente do seu rosto. Sobre a mesa, carne de panela e massa caseira. Feliz, Diego jantou com um lenço ao lado, a fim de limpar o sangue que ainda pipocava pela sua pele devido aos pequenos cortes feitos pela navalha. Antônio riu. Maria se emocionou. Juan brincava com a comida no prato. Diego comeu. Antônio então comentou:

– Seguro que no será mejor que aquella hecha por tu madre, pero te aseguro que trabajé duro.

Maria dirigia, e Diego estava no banco do carona, em silêncio. Atrás, Juan dormia. Maria e Diego se olharam, ambos estavam ansiosos. Viajavam pela famosa Carretera Austral – las rutas del fin del mundo. O vento, às vezes, os surpreendia com rajadas tão intensas que parecia jogar o carro para fora da pista. O movimento, na estrada, era baixo. Volta e meia um caminhão, geralmente argentino ou chileno, ou as motos dos turistas que viajam em grupos, cortando o continente sobre duas rodas. Alguns deles, inclusive, estão finalizando ou apenas iniciando – depende o sentido da viagem – a Rodovia Pan-americana ou, em espanhol, Via Panam. Maior que a Muralha da China, o trajeto total pode ter até quarenta e oito mil quilômetros. É um sonho de consumo para muitos aventureiros, pois a rota corta os três continentes americanos, ligando Ushuaia, na Terra do Fogo, a Fairbanks, no Alasca. Se o leitor fizer como Diego, que para tentar controlar sua ansiedade acessou o Wikipedia, pesquisando mais sobre a Via Panam, vai descobrir que o escritor americano, Jake Silverstein, a descreveu como "um sistema tão vasto, tão incompleto e tão incompreensível que ela nem é tanto uma estrada, mas um conceito". Isso porque não há um projeto de integração por trás dessa rodovia. Por isso, ao realizar essa viagem, é preciso estar preparado para tudo, inclusive um trecho de aproximadamente noventa quilômetros, na fronteira da Colômbia com o Panamá, que precisa ser feito por via marítima. Trata-se, muito mais, de uma teimosia pan-americana. Um delírio utópico de integração o qual, parece, não repercute nos governos desses diversos países. Afinal, o que tudo indica é que nunca houve um projeto político sério – e oficial – para consolidar essa integração rodoviária. Provavelmente, isso inclusive despertava ainda mais o interesse dos aventureiros que se propunham a enfrentar os perigos dessa viagem tão impressionante quanto o próprio continente americano.

Seria um sonho também para Diego realizar essa viagem. Quem sabe, num futuro próximo, poderia encarar tal projeto. Quem sabe, na companhia de Maria e de Juan. Mas agora não era o momento nem de pensar nisso. Acabaram de passar pela aduana fronteiriça que regula o passo entre Argentina e Chile e dirigiam em direção a Puerto Natales. Dali onde estavam não faltava muito. Diego seguia tentando se distrair. Agora com a câmera fotográfica. Mas não estava adiantando, parecia que nada diminuía a ansiedade dele em chegar logo a Puerto Natales. Pediu um Rivotril para Maria, que retirou uma cartela da bolsa e o alcançou.

– Toma dos, estas no son fuertes.

Diego olhou para ela e seguiu o conselho. Retirou dois comprimidos da cartela e os colocou sob a língua. Olhou para trás, e Juan continuava dormindo, alheio à ansiedade de Diego, à velocidade do carro e às rajadas do vento. No horizonte, montanhas cobertas de neve emolduravam a estrada. No rádio, notícias internacionais davam conta das eleições presidenciais de segundo turno no Brasil. Ao que tudo indicava, a extrema direita iria governar a maior economia da América Latina. Diego desligou o rádio, estava nervoso demais para lidar também com essa notícia. O que será do Brasil? Então, finalmente, avistaram o mar, descortinado após uma longa curva aberta e interminável. Diego olhou para as montanhas, no horizonte, e percebeu a si mesmo no vidro do carro. Ele se viu sem barba, ao mesmo tempo em que percebeu o movimento da paisagem em segundo plano, a partir de um jogo ótico de deslocamento do foco do olho para o longe, deixando o que está perto em desfoque.

Emergência de um hospital. Diego desceu do carro e gritou. Enfermeiras saíram, vestidas de branco, com uma cadeira de rodas e correram até o carro dele. Diego abriu a porta do carona e lá estava o seu pai, tossindo muito. Não conseguia respirar. As enfermeiras o levaram para uma sala onde foi atendido por um médico. Aplicaram uma injeção – de adrenalina, talvez? – mediram sua pressão, o batimento cardíaco. A memória de Diego fica turva, como quando fica tonto por causa das crises de ansiedade. Aos poucos a tosse acalmou, e o pai relaxou. A imagem foi ganhando foco. A voz do médico se fez presente. Disse que era preciso internar o paciente. Ele estava com pneumonia e precisava de tratamento. O pai, ainda meio delirando, barba branca por fazer, rosto extremamente magro, cabelos grisalhos e longos, caindo sobre os olhos, se virou para Diego e disse: "Arthur, tu me prometeu não me deixar aqui sozinho".

– Cómo voy a contar?

– Cómo, Diego?

– Cómo le voy a contar que dejé a nuestro padre morir?

– De qué estás hablando, Diego? Dejaste a tu padre morir?

– Él tenía neumonía. Fue una semana antes de morir. Lo llevé al hospital. Él no quería ir, tuve que convencerlo. Me dijo que lo dejaría allí, internado. Yo prometí que no, que no lo haría. Mi padre ni siquiera escuchaba bien, no sé cómo, cuando el médico mencionó que necesitaba internarlo, me miró, me llamo de Arthur y dijo: "tú me has prometido". Entonces, sin poder hacer otra cosa, miré al médico y le dije que le había prometido que no lo dejaría en el hospital. De que le sirve a un hombre vivir noventa años si no puede elegir cómo desea morir – disse o médico. Esta frase resuena en mi cabeza desde entonces. Tomé a mí padre y lo llevé a casa. El médico me dijo, antes de salir empujando a mí padre en la silla de ruedas: Arthur, pero tienes que saber que él va a morir. Yo lo miré y dije que no era Arthur. Una semana después, mi padre murió.

Diego caiu num choro compulsivo. Estava colocando para fora tudo que havia guardado durante tanto tempo. Era um choro incontrolável. Diego pediu para Maria parar o carro. Ela encostou. Diego abriu a porta. Uma rajada de vento invadiu o veículo. Maria olhou o filho, mas ele seguia dormindo. Diego correu para fora, se ajoelhou e vomitou. Vomitava enquanto chorava. Visto daquela forma, ajoelhado de frente para o mar, parecia estar pedindo perdão. A porta aberta emoldurava a cena que Maria via de dentro do carro. Ela queria ir até ele, mas decidiu esperar mais um pouco. Deixá-lo sozinho, naquele momento, lhe pareceu o melhor a fazer. Deixá-lo chorar tudo que ainda precisava chorar. Quem sabe, assim, retomaria um pouco da paz e serenidade que era preciso ter para enfrentar o momento que se avizinhava? Durante muito tempo, Diego havia adiado aquele encontro com o irmão. Agora, porém, aquilo estava na iminência de acontecer. Era preciso estar tranquilo para encarar o irmão e falar tudo que estava preso na garganta. Ou mesmo para apenas abraçá-lo e nada dizer. Talvez até mandá-lo tomar no cu. E dizer que o amava e que sentiu sua falta. Mas, definitivamente, era preciso encontrá-lo. Não dava mais para adiar. Então, passados alguns minutos e percebendo que Diego se acalmava, Maria desceu do carro, caminhou até ele e apenas colocou sua mão no ombro daquela criança de 40 anos de idade. E lá permaneceu, sem nada falar, ao seu lado. Passados alguns instantes, e não importa, agora, saber se foram segundos ou minutos, o telefone de Maria tocou. Ela atendeu, pois reconheceu o número da vizinha. Diego, enquanto secava as lágrimas do rosto, percebeu a expressão dela mudar. Ao desligar o telefone, Maria disse que o pai acabou de ser internado às pressas em El Calafate.

– Mi padre está muriendo.

Diego se levantou, olhou para ela e disse que eles precisavam voltar. Agora mesmo. Foda-se o Arthur. O vento bagunçou o cabelo de Maria. Os dois quase precisaram gritar um para o outro para se fazerem entender, pois a intensidade do vento exigia isso. Eles mal conseguiam se fazer escutar. Maria não aceitou, argumentando que agora estavam quase lá. Perto demais para desistirem. Diego insistiu, não vai deixar isso acontecer de novo. Não com o pai dela. Ela tem que estar com ele, para se despedir. Maria silenciou, caminhou até mais próximo ao precipício que separava a estrada de onde, lá embaixo, a água do mar chocava-se, num vai e vem permanente, sobre as rochas. Diego permaneceu no mesmo lugar. É a vez de ele respeitar o momento de Maria. Foi quando percebeu que ambos se complementavam na tragédia. Apesar da violência, o vento em nada abalava aquela pequena mulher, que lá permanecia, de pé, a enfrentar a inevitável decisão de seguir em frente ou voltar. Quando ela finalmente se virou, Diego percebeu o quanto Maria era uma gigante. Como todas as mulheres e, principalmente, como todas as mães. Ela olhou para dentro do carro e viu o filho, que seguia dormindo alheio a tudo o que estava acontecendo e, somente então, desviou o olhar para Diego, secou as lágrimas e contou que já se despediu do pai.

– Diego, él sabía que su hora estaba llegando. Hoy por la mañana, antes de salir, fui a su habitación y me contó que, tal vez, cuando volviéramos, el ya no estaría aquí. Le dije que no me iba, que tú podrías tomar un autobús. Pero él no me dejó, me dijo que ahora, más que nunca, yo debería traerte, para que tú encuentres a Arthur. Pero, más que eso, para que estuviese a tu lado durante todo el tiempo. No tenía por qué permanecer allí, esperando la muerte, cuando lo que importa es la vida. La muerte ya es pasado. La vida no. La vida es el presente.

Um caminhão passou por eles, buzinando. Eles se olharam em silêncio. Tudo estava muito claro para Diego. Então, ele disse para fazerem logo isso e voltarem o quanto antes. Quem sabe haveria tempo para as duas coisas? Maria concordou. Entraram no carro e seguiram, estavam realmente bem perto de Puerto Natales. À frente deles, uma Kombi cheia de *hippies* andava em baixíssima velocidade. Nela estava escrito – ruta de la felicidad. Não era possível ultrapassá-la, o que os deixou ainda mais ansiosos. Então, finalmente, Maria conseguiu sair de trás da Kombi, entrando à esquerda em uma rua, já dentro da cidade.

Puerto Natales é um pueblo colorido. Suas casas, quase todas bastante simples, são construídas em madeira e revestidas com zinco para proteger a estrutura das ventanias. Os zincos, por sua vez, são pintados de cores vivas como amarelo, verde, vermelho, o que faz da cidade um lugar alegre, apesar dos raros momentos de céu azul.

Algumas casas maiores, fábricas ou estâncias lembram um estilo inglês vitoriano, mas também estas são revestidas com zincos. Poucos são os habitantes que resistem aos dias frios naquela cidadezinha. Mesmo no verão, o céu poucas vezes se mostra plenamente azul. Maria então estacionou o Jeep em frente a um bar.

– Qué puedo hacer para descubrir donde está mi hermano?

Maria apontou para o bar, o qual era possível ver graças à grande janela de vidro que mais parecia uma vitrine. Estava lotado de marujos. Eles desceram, entraram naquele lugar e caminharam até o balcão. Maria explicou que estava procurando um brasileiro que era biólogo e morava em Puerto Natales.

– Dónde podemos obtener información de este brasileño?

O bodegueiro perguntou qual é o nome do brasileiro. Diego respondeu que é Arthur. O bodegueiro olhou para um homem que estava sentado no canto do balcão, sozinho. Ele tinha um copo de uísque sem gelo à sua frente. Era um homem negro, barba e cabelos extremamente brancos e compridos. Um pirata saído de algum filme hollywoodiano para tomar um trago naquele bar. Escutava a conversa sem maior interesse, apenas porque estava próximo o suficiente para deixar de ouvir o que Diego, Maria e o atendente falavam. Olhou para cada um deles, fez um sinal afirmativo para o bodegueiro, apenas mexendo a cabeça uma única vez, colocou seu cachimbo na boca e saiu do bar. Os dois olharam para o bodegueiro que, só então, voltou a falar, como se precisasse da autorização daquele homem para contar que conhecia Arthur. Então, disse que Arthur trabalhava com pesquisas em alto-mar – isso já sabemos – e que vivia ali há muitos anos. No entanto, estava sempre embarcado e, quando não, bebia naquele bar. A impaciência do casal estava aumentando, mas eles se mantiveram firmes, aguardando por alguma informação útil que, finalmente, chegou quando o bodegueiro disse que achava que eles não iriam conseguir falar com Arthur a tempo, pois ele devia estar prestes a zarpar para mais uma temporada na Antártida. O verão estava chegando, época de retomar as pesquisas interrompidas há um ano.

– Con suerte, lo puedes encontrar en el puerto.

Apontou com a mão a direção que deviam seguir, dizendo para virar à direita e descer reto a avenida principal até o portão de entrada do porto. Ele mal terminou de falar e os dois já estavam dentro do carro, arrancando, virando à direita e descendo a avenida principal em alta velocidade. Tudo isso acompanhado pelo olhar preguiçoso do velho marujo que, à porta do bar, do lado de fora e sem se importar com o frio, fumava seu cachimbo tranquilamente. Puerto Natales é pequena, consequentemente, logo chegaram no porto. Maria estacionou o carro de frente para o mar. Lá estava o barco, só podia ser aquele. Eles se olharam e permaneceram suspensos nesse olhar, como se o tempo tivesse sido congelado pelo frio. Mas não, não há frio, por mais intenso que seja, capaz de parar o tempo. Sabendo disso, Maria gritou para Diego ir – Vai logo! Diego reagiu, no susto, e abriu a porta do Jeep. Uma rajada de vento quase o impediu de abri-la completamente. Juan acordou. De pé, finalmente do lado de fora, Diego fechou o zíper da jaqueta, colocou uma touca na cabeça, envolveu o pescoço com um cachecol, olhou mais uma vez para Maria, que sorriu e disse para ele correr.

– Te espero aquí.

Do barco, se escutou um apito. Era o anúncio de que estavam zarpando. Diego fechou a porta do carro e correu pela calçada em direção ao trapiche. O vento dificultava o deslocamento de Diego. Mas ele seguiu, passo a passo, determinado a alcançar o seu irmão, prestes a fugir de novo. De dentro do carro, Maria observava todo o movimento daquele homem que, agora, finalmente estava bem próximo de cumprir o objetivo que o fez deixar o Brasil e enfrentar, sozinho, a Ruta 40. No rádio, o locutor chileno noticiava que as eleições já acabaram no Brasil e que, devido à rapidez e segurança das urnas eletrônicas, já havia um resultado, o qual, embora parcial, definia a vitória da extrema direita com, aproximadamente, cinquenta e cinco por cento dos votos válidos. Maria olhou para Diego, que, agora, caminhava pelo trapiche de madeira. Ele escorregou, quase ao ponto de cair no mar. Voltou a se equilibrar e retomou a caminhada. O mais rápido que conseguia. O limo acumulado sobre o trapiche impedia que Diego corresse. Maria seguia observando tudo de longe, de dentro do carro. Juan também, agora acordado, observava o deslocamento de Diego. Perceberam, no entanto, que o navio parecia se mover.

Será? Ou era apenas impressão? De longe não dava para ter certeza, mas ao verem Diego levantar os braços, ficou evidente que ele tentava, ainda que timidamente, chamar a atenção de alguém no navio para que fosse abortado o movimento em direção ao mar. Mas ninguém o viu. Diego era insignificante diante daquela paisagem. E, se alguém o visse, não pararia. Não estamos em um filme hollywoodiano de final feliz. Portanto, nada aconteceu além do inevitável avanço do barco mar adentro, distanciando-se mais e mais do trapiche. Mesmo assim, Diego gritava. Mais por desespero, talvez, pois ele também já sabia que chegou tarde demais. No horizonte, o pôr do sol avermelhado anunciava que estavam do outro lado da América do Sul, onde é possível ver o sol mergulhar e morrer nas águas frias do Pacífico. A beleza daquele horizonte pintado de vermelho e azul, no entanto, não disfarçava a água que estava prestes a cair sobre Puerto Natales. Com o escuro precoce, devido ao acúmulo das nuvens carregadas de chuva, as luzes do trapiche, automaticamente, se acenderam. Diego diminuiu o passo, agora já consciente de que o barco não iria abortar o movimento. Muito menos retornar. De pé, e parado, apenas o observava se afastar cada vez mais. Os olhos azuis de Diego, fixos no horizonte, refletiam a paleta de cores daquele céu revoltado. Como num último suspiro, então, um raio de sol escapou por trás das nuvens carregadas e brilhou mais forte. Um fragmento de luz, como se fosse um *flash*, antes de, finalmente, desaparecer por completo. Diego se lembrou de como a mãe descrevia o pôr do sol no dia que ele nasceu. Devia ser assim, uma confusão só. Sobre seu rosto barbeado, as gotas da chuva escorriam com pressa, atraídas pela gravidade. Outra vez o navio apitou. Um adeus sarcástico. Parecia até uma piada de mau gosto. Diego atravessou o continente, mas quando estava a poucos metros de atingir o seu objetivo, viu o motivo de toda aquela viagem se apequenar na sua frente, em direção ao desconhecido. Sabe-se lá até quando. Sabe-se lá, se não para sempre. Haverá, no futuro, outra oportunidade para aquele encontro?

Diego começou a se molhar de verdade. Então, Maria se aproximou dele com um guarda-chuva. Sob sua proteção, ela o abraçou em silêncio. Os dois se olharam, por um instante, e logo voltaram a mirar o mar. De pé, ali permaneceram parados e contemplativos, sob a chuva fria que caía sobre eles. Pequenos, perante a imensidão daquela história, vistos de longe mais pareciam formar um único corpo, uma única pessoa, sob um único guarda-chuva colorido. Era assim que Juan, de dentro do carro, os enxergava. Aos poucos, no entanto, conforme a chuva foi ganhando força, a visão através do para-brisas do carro ficava distorcida pelo acúmulo de água. Diego, ainda incrédulo, mas, quem sabe, também conformado, seguiu olhando fixamente para o navio, até ele desaparecer por completo atrás de uma montanha antes de, finalmente, deixar a baía em direção ao mar aberto. Sem desviar o olhar do horizonte, Diego confidenciou que o abraço de Maria és el mejor lugar del mundo. Um último apito do navio ainda foi possível escutar. Maria comentou que a esquerda perdeu as eleições no Brasil. Diego olhou para ela e disse – eu te amo. Já era noite na antessala do fim do mundo.

FIM